白鷺と鴉

熊たけし

鳥影社

橋本祐三郎の墓

（恵那市岩村町黒地山）

序

よりによって、こんなところに生まれてくるなんて、どうして、こんな両親《おや》なのか。さらに、こんなド田舎に、こんな山ん中に、私が暮らさなければいけないのか。この不幸は、ここから始まったのだ。と、嘆《なげ》き、喚《わめ》き、恨《うら》み、悔《く》やんでみても、環境に寸分の変化が起こるわけではない。

そこに生まれ育った、それ自体に、その人にとって意味があるのでは。嫌《いや》と言っても、現実である。そこの場所でしか生きられぬなら、一つひとつの〝嫌〟を、取り除く努力の実行しかない。一つの峠を乗り越えれば、一つだけでも喜びはある。その〝嫌〟が、宿命であれば、宿った、わが命の嫌を一つひとつ越えてゆく、それが、そこに生まれたという意味ではないかと私は考える。

およそ、人の世は、生まれ出たその環境で生き方も決まってくる。とすれば、その環境に順応し生きる努力を重ねる以外ないと思う。

草木も、虫も、動物もすべてが、同じ環境に、生きているのだから。その中で、自分は人間として生まれたという感謝を出発点としなければならない。その上で、この社会を考えてみなければと思うのである。

ある時、田舎の片隅で、傾きかけた藁葺《わらぶ》きの古民家を見た。貧乏であるそんな風景とは裏腹に、暮らしている家族が、やたら明るい。親子仲がいい。その古びた家庭が、私の目に、立派な城に見えた。その人間関係が、である。目を上へ向けた。そこには昔、栄えたであろう城の石垣が、ドカン！　と映った。

江戸時代、この城から、下を眺めながら、百姓は「生かさず、殺さず」と発していた、その光景が、私の目に浮かんだ。

どんな人間であろうが、生きるためには絶対、〝食〟である。その食料を生産するのは農漁業であるなら、それに従事する方々は大事な大事な存在であるはず。

一六〇三年、徳川家康が征夷《せいい》大将軍となり、江戸時代がスタートした。

事もあろうに、その社会の身分制度を、士農工商と決定し、武士の立ち位置を絶対権力としたのである。しかし、それならば、二位を何故〝農〟としたのか。〝農〟は権力ではなく、武士社会を円滑に維持するために、農工商と位置付けしたのであろう。徳川幕府を安定させるためには、まず食生活。年貢《ねんぐ》米は重要かつ幕府の基盤となった。

一六二三年、二十歳で徳川幕府第三代将軍となった家光は、「慶安《けいあん》御《お》触書《ふれがき》」を農民の心得として発表した。家老丹羽瀬は、この三十二ヶ条からなる法を、岩村藩藩政改革として城下各地に配布した。まさに「百姓は生かさず、殺さず」が克明に描写された条文であった。

天変地異の荒れ狂うなか、この条文は、全城下の百姓を苦しみのどん底に陥れたのだ。代官、橋本祐三郎は、この城下の百姓たちが、いとおしくてならなかった。城のために汗水流し一生懸命作物の供出に頑張り通してくれた日々を思うと、その苦労を目の当たりにしてきただけに、胸が張り裂ける思いであった。

なんとか、この現状を脱却せねばと。しかし、自分も宮仕えの身、それも家老と代官では立場が違いすぎる。しかし、このままの状況が続けば、自分の身も保障できぬは必定。祐三郎代官は、ひしひし迫《せま》りくる危険を感じざるを得ない身の上を充分察知していたに違いない。この展開は、本文に委《ゆだ》ねるとして、さて、この岩村に、代官の立場などとはあまりにもかけ離れた偉人がいた。佐藤一斎その人である。

多くの人の道を説いたその著作は、あまりにも有名である。その『言志四録』の一節である、「三学戒」という文を、平成十三年、衆議院の教育改革論議の席において、当時の小泉純一郎首相が論じた。平成十三年にして佐藤一斎の名が一躍脚光を浴びたと、神渡《かみわたり》良平先生の『「言志四録」を読む』にも書かれているその三学戒には、

一、少《わか》くして学べば、則《すなわ》ち壮にして為すこと有り
二、壮にして学べば、則ち老いて衰えず
三、老にして学べば、則ち死して朽《く》ちず

人は生涯、学び続ける大切さを説いたこの「三学戒」を、小泉総理は論じたので

ある。

江戸時代、多くの武士はこの学問を学び、わが成長の糧《かて》としたことだろう。

そのような時代背景にあって、一代官が農民を護って打ち首になった事件など、大きな話題とはならない出来事だったに違いない。

だが、その城下の人々にとって、この事件はどれほどの深い悲しみだったか、計り知れないと推測する。しかし、残念ながら、そんな時代背景であった。広い日本の片隅で、ド田舎の貧しい百姓を、いとおしみ、この者たちが、多くの人の命を〝食〟という行為で支えている。

どの農家も、自分たちの食べるためだけに、朝早くから、暮れるまで、汗水流しているわけではない。この一代官は、百姓一人ひとりの辛い苦しい労力の積み重ねが年貢米となることを知っていた。〝食は命なり〟とはそれを担《にな》っている者は百姓様以外にないと、ならば、百姓を守護することこそ、代官の大事な任務と考えたとしても、人として間違いないと思う。だが結果、犯罪者として、打ち首の処罰を受けた。未だ、岩村町の黒地山山頂に、祐三郎の一文字を取って「祐山逸道居士」という犯罪者の戒名が残されたままとなっている。百姓たちを、いや、庶民を愛し、その味方となった行為。今の世に、逸道を〝正道〟と認めてあげたらと、勝手ながら思っている。

この小説をお読みいただいた皆様のお考えをお聞きできたら幸いである。

日本作詩家協会会員

熊たけし

挿絵（版画）について

昭和四十四年、岩村小学校六年二組の生徒たちに担任の伊藤和男先生が、郷土の立派な人物として、代官・橋本祐三郎を紹介。

生徒たちは大変感動して、小学校卒業記念にと版画を残した。

それを今回、小林年夫さんが、小説の挿絵として提供くださったものである。

謹んで感謝申し上げたい。

主な登場人物

代官　橋本祐三郎　妻・多美恵
庄屋　神谷宗右衛門　妻・喜世
富田村　松造　妻・お杉
百姓　弥吉　妻・志乃
　　娘・幸江＝その女児千代
飯羽間村　貫太　田吾作　妻・明美
百姓　吾市　息子・仙太郎
　　嫁・美佐江＝女児加那
東野村　龍五郎　妻・楓
百姓　徳四郎　公三郎　保二郎
久保原村　作之助　権次郎

主な登場人物

本郷村百姓　卓造
家老　丹羽瀬清左衛門
〃　大野段右衛門
同心　上田信次郎　垣崎左門之助
首切り役人　佐渡重四郎

白鷺《しらさぎ》と鴉《からす》　目次

白鷺《しらさぎ》と鴉《からす》

一、岩村藩

遥か東に連峰《れんぽう》、その連峰端《はし》に恵那山、そして清流木曾川に沿って中仙道が苗木藩の中津川を通って尾州《びしゅう》藩のある大井宿に入る。

その大井宿を南へ向かった一里先に岩村藩五十二ヶ村を領土とする岩村城がある。その岩村城に代官として赴任したのは、橋本祐三郎である。

代官として祐三郎が治めるのは、藩の中でも一番の穀倉《こくそう》地帯の上郷《かみごう》地帯であった。だが天明に始まった文政から天保の時代、とんでもない飢饉《ききん》に見舞われるのである。

祐三郎は代官となってから、その領土全体の食料事情を、まず知らなければならぬ、と思った。さらに、百姓たちの一人ひとりの日常生活もまた、一軒一軒の家族の情況も合わせて知っていかねばと、根気よく各地を訪問して歩くことから始めたのである。この地を知るには、まず人間を知ることだと心に決めて、地道な作業を開始したのだ。

すると、日常の農作業の大変な苦労が次から次へと分かってきた。

米づくりでは特に季節季節、田作り、鍬《くわ》で広い農地を耕す。種蒔から芽出し、田への水ひき、どれ一つ取っても神経を使う重労働である。その後秋の収穫まで言い知れぬ作業が続くのである。

代官橋本祐三郎は、初めて知ることばかりで、米というものはこんなにも手がかかり、苦労を重ねなければ人の口に入らぬものかと、改めて認識を新たにした。しかも散々苦労を重ねた〝米〟は、ほとんどが年貢米として藩へ納めて終わりという、泣きっ面した百姓の可哀想な顔が、脳裏に刻まれてしまった。

一人ひとりと会って行くうち、祐三郎は百姓の素朴な姿や素直な性格が心に残り、この人間性は藩の宝とさえ思えてきたのだ。

江戸幕府の敷いた身分制度が、この世に生を受けた人間にとって果たしてこれが正しいのか。祐三郎は百姓の家庭を訪問しながら、夫婦の姿、子供たちの行動、老いた人々の苦労を垣間見ながら、それらの人生を思わずにはいられなかった。

と同時に百姓や町民に対して、人間同士の絆のようなものを代官として感じ始めていたのだ。

時代背景からすれば、士農工商である。この上郷地域では、あってはならない感情が芽吹いていたのであった。

代官・橋本祐三郎は、徳川幕府の敷いた、この士農工商という身分制度を深く自覚せねば、また把握《はあく》せねばと常々思わずにはいられなかった。

上位は、藩主から家老、旗本、郡奉行、下級武士まで侍である〝士〟。そして今一番関わりのある、農業を生業《なりわい》としている百姓が二位に置かれ、三位が職人、そして、下位に商人となっている。

代官として、まず上郷の状況を知らねばと、精力的に各地の住人に逢うと決めて走りに走ってきた。

ある日、中野村の鍛冶屋を訪問した。真っ赤な炎の中の鉄の塊《かたまり》を取り出すと、大きな金槌を振りかぶり、ドッカン！　ドッカンと叩き出した。ある程度叩くとまた火の中へ入れる。その間に、これは何を造っているのかと質問を投げかけた。しかし、鍛冶屋の口から言葉が出てこない。

気の短い武士なら「無礼者!」と刀を抜くものもいるに違いない、と祐三郎は思ったが、大人げないと案内人の指し図に従った。これが、士農工商の〝工〟なのだと勝手に理解をした。堅物《かたぶつ》は商品の他、人間も堅物にしている。そこへ行くと商人の口は言葉の魔術のように巧みである。あの口車に乗せる鮮やかさで金銭を稼ぐ。商人には騙されてはならぬと、これも代官となって学んだことである。

そこへ行くと百姓ほど人情味のある存在はないと思えてならない。

地に這《は》い蹲《つくば》って生きているからか、素朴である。言葉遣いも乱雑、行動も大雑把《おおざっぱ》である。が、しかし嫌味がない。百姓どうし連携があり、互いに助け合おうとする。こうした雰囲気が祐三郎は大好きであった。

およそ、すべての人間にとって何が大事かと言うなら、衣・食・住の中でも、命を繋ぐは〝食〟であることは、誰しも理解できる。その食の根幹ともなる穀物は人間にとっての主食である。

その主食を生産しているのが百姓なのだ。侍でも、鍛冶屋でも、商人でもない。農というものは、人の命の根幹事業である。

代官として橋本祐三郎は、この百姓を大事にせずして、藩も国も成り立つことはないと考えた。できれば身分制度を、農士工商と書き替える可しとも考えた。勿論、そんなことを口に出せば、藩に対しての反乱とも取られかねない。祐三郎は心の奥に秘め、この上郷の百姓を護ろうと誓った。〝そこに地あれば、花は咲く〟を、代官、橋本祐三郎は、自らの信条としたのである。

朝早くから田や畑で、土との格闘。工夫を重ね作物を生み出し収穫する。その労力は凄《すさ》まじいものと、祐三郎は思った。

一、岩村藩

代官橋本祐三郎が尋ねた。

「のう田吾作殿、こんな広い田畑をどのようにして開墾《かいこん》したのかい？　恐らく元々あったものではなかろう。田にしても畑にしてもじゃ」

祐三郎は、気になったことは率直に訊くことにして何事もすぐ質問をした。

「滅相もない、お代官様。ここは元々お父っつぁんが、雑木林や野茨《のいばら》を切り、石を掘り除き、その石を積み重ね、ちょっとずつ何年もかかって、ここまでに、したのさ」

「そうか、そうだったのか。して父っつぁんは今も元気なのか？」

「父っつぁんは、もう七年前に腹患って、死んでしまったサ。俺らたち家族のため、働きとおして疲れ切って死んだわ。気の毒で、可哀想な人生だったわ」

「それにしても、こんなに広い土地を、よくぞ開墾したものだなぁ」

「あそこから向こうの林までは、お父うに教えてむらって覚えた方法で俺《おら》が、開墾した田んぼなんだ」

「どうして、そんなに広くでっかくしてしまったのだ」

「何言ってなさる！　お城の方から、毎年、年貢米を何俵、来年はもっと増やせと言いなさる。田んぼ造りから始めんと、どうしようもなか！　田んぼが増えたからってそう簡単に、米なんぞ取れねェだぞ」

「うっううう、そうか、んう〜」

「百姓なんて、お侍さんと、お城のために、生かされているようなもんと違いまっ

一、岩村藩

不作で困った百姓には「苦しければ来年でもよい」と、こうした状況が数年続いた。橋本代官に百姓たちは大変感謝。良く取れた年にはたくさん納米を心がけた。

（作者　大三、禄朗、正人）

か。あっ、ごめんです。つい感情に流されてしまったで……」

祐三郎は頷《うなず》くだけで二の句が継げないまま、遠くへ目をやるしかない。岩村藩の財政ばかりか、武士やその親族の命までも、この野良着の百姓たちは担って働いていることを、知れば知るほど、多くの百姓たちが不憫《ふびん》でならない。心の中では大粒の涙が流れるまま、後の話を躊躇《ちゅうちょ》してしまった。

「あまり無理せず、自分の身体を大事にするのだぞ、田吾作ドン」

そう言って、その場を去ろうとした代官、その背中に向かって田吾作は、

「あっ、お代官様、もうお帰りで！　またこんど、改めて、おいでんさいな。その時ゃ何かご馳走するだけん」

「そうか忝《かたじけな》い。忙しい中、邪魔したな」

昨日まで降った畔道《あぜみち》は泥濘《ぬかる》んでいた。足の置きどころを選び、半月の空を仰ぎながら、帰途についた目先には、まだあっちこっち百姓たちの鍬《くわ》を振《ふる》う姿があった。

「そこに地があれば、花は咲く」そう思って来た祐三郎の心に、大きな衝撃が走った。道を歩けば、何処《どこ》彼処《かしこ》、春には春、夏には夏、四季それぞれ、その季節に合っ

た花も実も、鳥の囀《さえず》りを添えて心を癒《いや》してくれる。

しかし、それは、人間を始めすべての生き物に自然が贈ってくれる、プレゼントなのだ。

「そこに地あれば」勝手に花は咲く、実も稔る、と考えていた祐三郎だが、虫でも、鳥でも、魚でも、自分たちの暮しのため住処《すみか》も造る、餌という食探しもする。子育てもする。それぞれの環境に合った生活をしている。祐三郎は、自分の庭で見た朝顔の蔓《つる》を観察したわけではないが、伸びたその蔓の先が、その少し離れた先の枯枝に纏《まと》い付いている。この朝顔には目があるのかと驚いた。

蔓草という生物の能力は、近くにある這いあがる物を見分ける能力を自然に持っている。凄《すご》いことだ。また屋敷母屋の庇《ひさし》の下に雀蜂の巣を見つけた。これは大変危険である。富田村の松造に相談、松造は隣の弥吉を連れて、苦労して取り去ってくれた。

弥吉の顔や手は雀蜂に刺されていた。痛々しい苦悶の顔が忘れられない。松造も祐三郎も弥吉の指示どおり、遠く離れていて無事であった。「お代官様のためだったら」と言った弥吉の言葉が、やたら辛かった。

弥吉は次の日その蜂の巣の中にいた白い子を摘み出し、甘辛く煮てくれたあの味を含め忘れられない思い出であった。だが、忘れぬことがもう一つ残っている。蜂の巣、蜂窩《ほうか》である。中の子を出したその形、すべて六角に、一巣ずつ寸分の狂いもなく子の住処が造られていた。誰に教わったのか、物差しもなく、道具もなく、材料は何を使うの指示もなく、見事に巣が完成していた。思えば鳥にも巣があり、蟻ん子だって、カマキリだって皆住む家があり、感動であるが、それぞれ自分たちの住処は自分たちで造るという凄いことを、誰の指示もなくやってのけるといった芸術を、言葉も無く、金も無い、鳥や虫、動物がやっているのである。祐三郎が思ったことは、人間が一番駄目な点は、生物の中で一番偉ぶっているのに、自分で自分の家を造れないことだ。

「そこに地あれば、花は咲く」、咲くでは、ない。咲かせていただけるのだ。自然界で一番常識を持ち、世のため、人のためになってこそ、「花は咲かせていただく」

でなければと、祐三郎は代官として、いや人間として強く心に誓ったのである。

二、幕府の家畜

城に禄高あり。岩村藩の中でも一番と言われる穀倉《こくそう》地帯の代官として、橋本祐三郎は赴任《ふにん》した。禄《ろく》は四十石《こく》であった。一石は十斗、約一八〇リットル。

この量の四十倍が、祐三郎の禄高となる。しかも、藩に所属する侍ほか、この関係する人間の食とする米は、岩村藩五十二ヶ村の百姓が〝税〟として課せられるのである。

日本全土の百姓は、そのために苛酷《かこく》な労働を強《し》いられていた。イヤ！　そのために、生かされていた幕府の家畜だと、一百姓が言っていたのを祐三郎は聞かされた時から、米を食するに少なからず動揺と躊躇《ちゅうちょ》が生まれた。

あの百姓の切なげな顔が浮んでならなかった。あの百姓に食べさせてやりたい。

そんな、心が湧いて来るのを、代官の妻・多美恵は、

「あなた、どうかなさいましたか？　どこかお身体お悪いのでは」

「いや何でもない。ところで多美、釜の中の飯、少し残っておらぬか？」

「はい。少しぐらいだったら残っておりますわ」

「そうか、よかった。それを握ってくれぬか。少しちいさく、数が欲しい」

「また何かお百姓さんのこと、考えてなさいますことね。ハイッ、すぐに握ります」

妻の握った五、六個の小さな御握りを持ってそそくさと家を出るわが夫の、どこか優しくうれしそうな姿が、多美恵にとってとても頼もしく、自慢であった。

自然の中に身を置き、年間を通し、苦労に苦労を重ね手に入れた米は、役人の目に晒《さら》され、年貢米として消えてゆく。少しでも隠してわが物にしようものなら、監視の目に触れ、厳しい掟《おきて》が待っている。

百姓は、この領土に生まれた以上、年貢米という税で生かして貰っている。それが、務めであるという観念がなければ、生きては行けないのである。

大円寺の庄屋神谷宗右衛門は真赤に沈みゆく空を見上げ、自宅の屋根を、チュン

チュンと飛び跳ねる雀たちに向かって、隣の妻を見ながら、

「おまえたちは、いいなぁ……好きなように飛んだり跳ねたり、巣をつくるも、餌をとるも所かまわず、囀《さえず》り、自由自在に春を満喫しておる」

庄屋の妻喜世は、

「ほんと、そのとおりね。わたしも蝶々にでも生まれてくれば良かったわ。花から花へと楽しそうだもの」

「ハッハハハ……きよ蝶か、それは面白い」

「まあ何が面白いのですか。きよ蝶だなんて、わたし、揚羽蝶と思っていたのに」

「いやいや、おまえさんは色白じゃから紋白蝶の方が似合っていそうだ。ハッハッハ……」

「ン、もう、知らない！」

「庄屋様ぁ！　おいでですか、あらら、おふたり共仲むつまじく、これは、まずいところに伺ってしまったようで」

「いやいや大丈夫じゃ、何も気など使うこったぁない」

「そんなら、良かった。庄屋さんも思ったよりお元気そうで！　このめぇ庄屋さん、腹の調子が悪いって言ってなさったんで、この、センブリとか、一薬草、それから、ゲンノショウコなんて、この辺りの野っ原にある薬草を採って、やっと干乾しできたもんで、持って来たんさぁ」

「ん、まぁ弥吉っつぁんたら、なんて親切な。気い使っていただいて、嬉しいわ」

「弥吉っつぁん、すまん、すまん。まだまだ腹ん中ゴロゴロして食欲も進まんし、以前いただいたセンブリも無くなり困っていたところ、こりゃありがたい。いつもすまんこっちゃ。本当ありがとうよ」

「いやいや、庄屋さんの胃の弱いことはよう分かっとります。今はゲンノショウコがヒョッとして良いかなと思ったもんで、やっと乾燥できたんで、奥様、湯沸して煎じてやっておくれよ」

「煎じれば良いのですね。ありがたいですわ」

「そのセンブリは苦いが、ゲンノショウコとやらはまた苦いのかい」

「『良薬口に苦し』は諺《ことわざ》で、庄屋さん、これは茶みたいなもの。呑み易くて、胃腸には本当によ〜く利きますよ」

「それは助かる。弥吉、あんたはこの辺りでは医者みたいなもんだなぁ。なんでも知っとるから、わが地域じゃ、皆、頼りにしとる。これからも村のために、よろしく頼むぞな」

「そ、そんな煽《おだ》てんさんな。皆のためになりゃ、わしも嬉しいでな」

「ンだンだ！　おんしのお蔭じゃ。しかし、弥吉っつぁん。東野村の保二郎だったかのう。そんで、えェと、そうそう、龍五郎に公三郎ともう一人徳八郎だったのう。草食会とか言う、会をやっていると以前聞いたよなぁ」

「庄屋さんは、だいぶ前のことよく覚えていなさる。かなわんなぁ。あの四人組でもうひとりは徳四郎。東野四人合せ、二《に》、三《さん》、四《し》、五《ご》郎会と言ってるんですわ」

「そこでじゃ、わしもおんしたちの仲間に入れてくれんかいのう。今後、天候がどう変わるか知れん。上郷の百姓が腹減らしていては、米も採れん」

「そりゃみんなびっくりだ。庄屋さんみたいな立派な方が仲間となったら、嬉しい限りだ」

「わしは隅の方で小さくなっているので、よろしく頼むぞ」

「そこまで庄屋さんがおっしゃるなら、明日龍五郎さんに頼んでみるわな」

翌日、しらじらと東の空の明けた頃、庄屋宗右衛門は弥吉を供って、藁草履《わらぞうり》を余分に腰に付け、まるで子供のように弾んだ気分で、東野村の龍五郎の屋敷へと向かった。

途中、飯沼川の丸太橋を渡って、しばらく歩くと飯沼川と合流する阿木川の大きな流れに出る。あと一里弱も歩けば大井宿である。

ところは東野村向島に、龍五郎の大きな屋敷が見えてきた。

「ほうら、やっと着きましただ。これが、龍五郎さんの家なんです」

「でっかい家だなぁ。龍五郎さんは百姓で、こんな家に住んでいなさるのか」

「いやいやいやぁ、米づくりもでっかいが、家の二階は全部御蚕《おかいこ》を飼っていなさる。家のまわりの木は、その餌にしなさる桑の木なんよ」

「この周りの、この木全て桑の木だと言うのかい」

「庄屋さんは、桑の木を知らなかったのかえ？」

「いやぁ、聞いてはいたがのう。わしの近辺は、商人《あきんど》やその周りは織物など生業《なりわい》にしておる城下町だからのう。村も少し離れると随分景色も変わるもんだ。これでまた勉強になった。あの丹羽瀬ご家老が仰ってた、農、工、商の策が、あっと言う間にここまで進行しているとは驚いたわな」

「ホラホラ庄屋さん！　この草どこにでもある、ヨモギ。若葉のうちだったら天プラにしても美味いし、餅に入れたり、葉っぱの裏側についてる綿毛集めりゃ、お灸にもなるんだ」

「ヘェ！　弥吉先生これは凄い、この蓬《ヨモギ》がかい。これは初っ端から大感動だ」

「庄屋さん、感動はいいけんど、そこの足元と指で示す」

「これかい、なんだ、こりゃ土の中から首っ玉出して」

「ヤだなぁ。俺らァいつも庄屋さん家《ち》へ持って行く、山ウド。食べるのと見るのとでは違いがあるが、これだよ」

「そうか、こんなんして芽を出しているのか。こいつはとても美味いのだ。弥吉にいただくたび喜んで食べていたものが、こんなんして土の中から、イヤ！　今日は嬉しい。弥吉、ありがとう」

「庄屋さん、ここであんまり油売っていては、龍五郎さん、ホラ、家の前で待っていなさる。保《ヤス》さんも公《キミ》さんも徳《トク》さんも、一緒にこっち見て笑ってなさるが」

「いやいや、つい感動してのめり込んでしまった。これはすまん」

「龍五郎さん、こんにちは。今日は忙しい中、俺らの無理聞いてもらって本当すまんこったが、ひとつよろしくお願い申します。それと保っさん、公さん、徳さんもお付き合いさせてしまったようで、今日は、よろしくお願えしますだ」

「いやいや、よく来ておくれなぁ。前々より、庄屋さんのことはよく伺っており、わしも一度お会いしたいと思っておりました。この三人も、私とは仲のいい親友でありますので、今後共よろしく御指導のほどお願い申しあげます」

「東野村も含めた上郷の庄屋でございます。何も役立たずですが、今後仲良くお付き合い頼みます」

保、公、徳、三人は、

「こちらこそです。初めて噂の庄屋さんにお目にかかれたが、良さそうな方でわしら本当によかったですわ」

……庄屋はでかい屋敷の意味がようやく理解できた。

文政年間、飢饉が起こり、作物が不作となり、藩にとっても、その困窮が財政をぐらつかせていた。

多額を要する藩費、第六代城主松平乗美はこの困窮打開のため、幼児の頃から学に親しみ、林述斎や太田錦城に学んだ丹羽瀬清左衛門に目を付けた。丹羽瀬は江戸詰めの家来で、その頭脳明晰を買って岩村藩の家老として送り込んだのだ。

三、養蚕《ようさん》と藩の改革

家老・丹羽瀬清左衛門の台頭によって、岩村藩の行政は凄《すさ》まじい勢いで変革されていったのである。

領民の生活そのものを緊縮《きんしゅく》すること。つまり、切り詰めるところはとことん徹底する。特に農民は、桑樹の植え付け、養蚕《ようさん》は今までどおり農作業の手を抜かず、少しの時間も無駄にすることなく蚕を育てよ、と。水田の灌漑《かんがい》を行い、また新しく水田を開墾せよ、と。

また城下町の町人は、新たに産業として蚕から出る糸からの織物に精を出し、諸工業の発展に努めよ等々、領民は全て男女は問わず、老いも子も、手足を働かせ、藩の財政のため、一日一時無駄にすることなく仕事に従事せよと、上意下達《じょういかたつ》の容赦無い命令を矢継ぎ早に下したのである。

それにより、領民、特に百姓の労働は、過酷な日常を一段と厳しい状況におかれたのである。

ここ東野村の龍五郎宅へ訪問した庄屋宗右衛門は、少し前、城での庄屋を始め、各地区の代表者の会議の席上、江戸幕府からの公儀役人が挨拶に立ったことを思いだした。近々江戸屋敷より凄いお方が、この岩村藩の家老として来城されることが決定したということであった。

さらに、その役人は、今後の藩内改革について、農工商の、それぞれの有り方を種々説明されたのである。

あれから考えてみれば半年が経っている。庄屋宗右衛門は、既にあの会議が話だけでなく、即、実行に移されていることに驚いた。今までなら、代官を通じ庄屋を経て、事が運用されてきたはずである。

それがどうしたことか、龍五郎宅でのこの状況、庄屋として何も知らなかった。

宗右衛門は、この蚕《かいこ》小屋、これはいまだ見たこともない、小屋と言うより作業場ではないか。そして、この作業場の周囲の桑畑の苗木の広大さ。あの、保、公、徳の三人も、作業場の運営を担っているのだ。

しかも今日の庄屋訪問は、食草のために半分、趣味の浮き足立った庄屋の心と違って、龍五郎を始め、運営役員は、お蚕育成のための庄屋訪問と受け止めていたようである。

龍五郎の家の二階はすべてそのためのお蚕の幼虫を入れ、そこに桑の葉を食として与え、蚕は成長して、真白な繭《まゆ》になり、幼虫は蛹《さなぎ》となる。この白い繭が、糸紬《いとつむぎ》の手を得て、平織り和服用絹織物となっていく。

いわば百姓の育成から、作業場へ、商人へと産業として栄えてゆく行程を、岩村藩の家老と内定した頃から計画を企てていた丹羽瀬清左衛門の、浮き足立った計画が、この龍五郎に目を向けて動いていたのだ。

庄屋である宗右衛門は、今までにない問答無用の丹羽瀬の行動に恐怖を覚えたことは言うまでもない。

しかし、あの龍五郎たちになんの罪もない。ある程度は知っている振りも必要と、彼らの言動に合わせることにした。

何も知らない弥吉は、ただしどろもどろするばかりである。

「なんだ、宗右衛門さまは、庄屋さんだったのだ。草どころじゃないなぁ」

来た目的と全く違った雰囲気に、弥吉は手を拱《こまね》くばかりであった。

龍五郎は、初めて訪問してくれた庄屋に、蚕小屋である二階と、周囲の桑の苗木畑を見学してもらったことで、庄屋の口から〝凄い〟〝素晴しい〟と、誉め言葉を心に留め、満足そうであった。

居間に移って、皆で、龍五郎の何処で入手したのか〝ドブロク酒〟に舌づつみをうちながら、弥吉の苦心した山野草に、何とか話題を移そうとその機会を狙っていた宗右衛門であった。その心配はまったく無用であった。

保、公、徳の三人と、龍五郎の妻、楓によって既に計画されていたのか？それぞれ料理《りょうり》された、皿の盛り合わせの数々が次から次へと酒盛り場へと運ばれ、三人にそれらの料理の説明を受けながら、庄屋宗右衛門と弥吉は圧倒されるばかりであった。

驚いたことに山や野に、畑とは違ってこんなにも豊富な食材が満ち溢れているとは。

宗右衛門は、

「のう、龍五郎さん、いったいこれほどの山野草の存在をどこで、どう知ったと言うのか、まず、それを伺いたいが」

「いやぁ、それを庄屋さんから問われること自体可笑しい話ですわな」

「それは異なことを言いなさる」

「それはですよ！　庄屋さん。あなたとお代官様は、太陽と月の如く照らし合い、どちらも私らにとってなくてはならぬ方々。私らの尊敬する方に、まさか、山野草の存在をとは。実はです、本元はお代官様ですよ」

「なんと言うことを、お代官様と」

「ハイ！　お代官様のお父上で、橋本治太夫様で、医師でもあったお父上は、立場上、野草を用いた薬を広範囲において勉強なされ、研究に研究を重ねられ、食草についても、また食してはならぬ毒ある野草においても、実に詳しく知っておられました。飢饉があっても、人間はどんなことをしても生きなけりゃいかんと、常々申されておりました。お代官様もそれはよーくご理解なさっているはずですよ。その宗右衛門様とお代官との仲において、出しゃばって私らが自慢するようなことではないですよ！　ハイ‼」

あくまでも謙虚な龍五郎に、宗右衛門は圧倒された気分であった。宗右衛門は、この龍五郎は信用できる人物だと確信した。でなければあの三人も、あのように龍五郎に近付いては来ないだろう。今日は、願ってもない友を知ることができた。弥吉の顔を覗いた宗右衛門は、いきなり、ありがとう、と言った。弥吉はチンプンカンプンであった。

四、この世の毒

そして龍五郎は、祐三郎の父上より教えを受けた。その中でも、絶対これだけは護って、と念を押されたことを宗右衛門に強調した。

一つに、分からん草は口にするな。
一つに、これは毒だと徹底して知ること。
この際、この二点を知ろうとしない者、草を食すること勿れ。

との原則を言っておられた。

「わしはこのことを皆に徹底しなきゃと思っております」

と龍五郎の真剣な話に、宗右衛門は改めて迂闊《うかつ》な判断はならぬことを知ったのだ。知らずに有毒なものを口にすれば、命の問題となる。たかが草では済まされない。襟を正して宗右衛門は教えを乞うと決めた。

「それで、その毒の有る草とは何なるものか。それはたくさんあるのかな？」

龍五郎は説明に面倒臭い顔ひとつすることなく、話し始めた。

「一つに、トリカブト、ウマノアシガタ、そして、ケキツネノボタンだな」と言うと、これらは、キンポウゲ科の野草で、知らないで食べれば、根、葉、花まで有毒で下手をすると命まで、となるから、充分気を付けないと。さらに湿地に生息するサワギキョウ、他にもタケニグサ、ノウルシ、ヒガンバナなども良くない。さらに、ハシリドコロ、若葉はみずみずしくて誤食するものが多い。中毒症状が出て苦しくて走り出すことから、この名が付いたほどだ。種々あるが、もう一つだけ皆が好む可愛い花、スズラン、別名君影草。香りも良いがこれにも毒が有り、動物も虫も食べないから群生する。

「他にも有るが、これらはそこらの足元に目に付く草だから、しっかり覚えて、宗右衛門さんが皆さんに教えてあげられれば宜しいと思うし、お代官様にも相談なされ、この飢饉を乗り切って欲しいと思いますだ。長々と話してしまった。勘弁しておくれな」

「いやぁ、たくさんの毒草に驚いてしまった。一度には頭に入らぬが、一生懸命勉強したいと思います。今日は良いことに、草に興味ある弥吉と同席したことが何より、今後共龍五郎さん始め皆様方、何卒よろしくお願い申します。龍五郎さんの奥様の楓様、本日はたくさんのお世話をかけ御礼の申しようもないけど、わしも庄屋として皆様のために一生懸命がんばります。本日は重ねて御礼申しあげ、これで失礼致します」


こうして、龍五郎と再会を約し、またたくさんの山野草の土産まで、一点一点説明を受けながら弥吉と分けて持ち帰ることになった。

「大変お世話になった上、こんなにも多くのお土産、重ね重ね、御礼申します。皆さんも是非、大円寺までゆっくり来てくださることをお待ちしております」

三人に、途中、向島の岩村方面と大井との別れ道まで見送りを受け、別れとなった。

二人は手荷物の野草を見、確認しながら、宗右衛門は、知っている物、知らない物を弥吉に問いながら、小沢部落へ差しかかった、山手からチョロチョロと清水が落ちている場所で、二人、手洗いした両手で水を呑み、休みを取った。いつもだともっと水量がある。やはり何日も雨のない日が続くと、清水にも影響があると、宗右衛門は危機を感じないではいられない。今後の領民の生活は、百姓の米作は、またその生活はどうなっていくのか、どっと不安が伸《の》しかかる。全国各地の百姓一揆の報も頻繁に耳に入ってくるのである。

今は、東野村からの帰り道、ふと脇から流れ出るわずかな水の横辺り、苔《こけ》に紛《まぎ》れた小さな白い花を見つけた宗右衛門は、弥吉に、ちょっと見てくれんか、と指を差す。あまりの健気な花に、今の世情と比較して心を奪われてしまった一齣《ひとこま》であった。

弥吉は、その花を指で差して、白い花びらが大の字に咲いているから、大文字草って言うんだと庄屋に説明すると同時に、葉も幼児の手の平に似ているが、食用になるんだ。茹でて塩でも少々ふればさっぱりとして美味しいんだ、と言った。

五、人の価値

宗右衛門は、弥吉を食物名人と呼んでも良いと思った。既に、かなり勉強も経験も積んでいるのだと確信した。というのも、すぐ上方の柔らかそうな緑の葉が風にゆれながら、ピンク色の可愛い花を咲かせている。宗右衛門は、まさかそこまでも知るはずないと思いながら弥吉に問うた。すかさず弥吉は、「それは岩タバコと言って、葉はおひたしにしても美味しいんだ。食用になるんだ」と。

自分の身近に、こんなにも物知りがいたとはと改めて驚くと共に、見直した。弥吉！　なんて呼び捨てなどとんでもない。人は見た目で判断してはならぬ。自分が知らないことを知ってるだけで、尊敬なのだ。人に上はいても下などいないと代官橋本祐三郎が言っていたのは、こういうことだったのか。しかし、いまさら弥吉様とは言いにくいのだ。

どうすべきか、庄屋は悩んだ。そうだ、と自身で思ったのは、今までどおりで良いのだ。但し、心で尊敬の念を持つことだと庄屋は思った。心が軽くなった。

みんなそうなのだ。百姓も、町民も、男、女、人間は、会ったその人がどうすれば喜んでくれるかと考える。それが大事だと言った代官。いまさらながら代官の心の広さを、つくづく感動の思いでふっと立ち止まってみれば、我が家の前である。

弥吉が、

「庄屋さん、今日はわし、本当に楽しかった。これからも、どこへでもお供します」

と頭を深々下げて背を向けた。

庄屋もふと我に返った。慌てて弥吉の背に頭を下げたが、もう遅かった。これがまだ駄目なのだ。弥吉の下げる前にわが頭を下げなければ尊敬なんてされるはずなどない！　と自分を叱った。

今日一日の帳《とばり》が静かに下りた。

明日一日、地域に幸あることを祈り、宗右衛門はボーッとした頭から我に返った。

あっ、そうだ、明日は朝から大円寺村の広場で各地区からの代表者の集いがあることを、すっかり忘れていた。家の中へ飛び込んだ「喜世！　喜世」と妻の名を呼んだ。

「どうなさったんです。お帰りそうそう」

「いやいや、今日は東野村の龍五郎さんはじめ皆さんに大変お世話になり、感動のあまり明日のこと、頭の中からすっ飛んでしまった。上郷の代表の方々が集まるというのに、東野の衆にも、その件の連絡もすっかり忘れてしまってな！」

「イヤァネ、あなたも歳をお召しになったのネ。今日、富田村の松造さんもいらっしゃったので、明日のことはお伝えしましたよ。それと、本郷の卓造さん、飯羽間の貫太さんと、前に聞いてたけどと確認においでになったわよ」

「そうか、それは有り難い」

「庄屋さ〜ァん」弥吉だ。

「先ほどはどうも！　ちょっと言うこと忘れてたけんど、庄屋さん、龍五郎さんらと話が盛り上ってましたから、もし！　と思って、明日のことは、龍五郎さんの奥さんの楓《かえで》さんにしっかりと伝えておいたんで心配なさらないように」

「イヤァー、わしとしたことが、大事な用件を何から何まですまん。この借りはまたいつか必ず返すから、今日は勘弁してくれ」

「何をおっしゃいますだ。今日はお疲れですだ。ゆっくりお休みを」

「弥吉さん、本当ごめんネ！　ありがとう」

宗右衛門も妻の喜世も、周囲の人々の気遣い、親切に心から感謝の思いでいっぱいだった。


次の日、早朝から晴れあがり、清々しい青空に太陽も眩しく輝いていた。

宗右衛門は、少し早いかと思ったが、代官祐三郎の屋敷まで、本日の打合せとお願いを兼ねて尋ねた。

「お早うございます」と玄関の引戸を開けると、

「いやァ早いのう！」と、裏口より声。

「本日はお世話をおかけしますが」

「いやいや何も気を遣うことはない。いつものとおり、こちらこそよろしく……」

と庄屋は、全く気を遣わせまいとするこの代官の心に朝の太陽を浴びたような気がして、晴々とした嬉しさを覚えた。

本日は代官の発案で始まった、代官と百姓の代表者の寄り合いであった。

祐三郎は、百姓たち一人ひとりの顔を見ながら微笑を浮かべ、まず一言。

「あなた方は食生活の達人である。わたしはそう思えてならぬのじゃ」

百姓たちは、

「達人？　お代官様は何を考えていなさるのじゃ。今日は、ちょっとどうかしなさったのか？」

みんなそう思ったのか頭をかしげている。怪訝そうな顔の久保原村の作之助が、口を開いた。

「ヘェ～、皆の顔を見合わせながらなんで？　俺らたちゃ、そんな旨いもん食っとらんでェ」

久保原村の権次郎も、

「ンだ、毎日稗《ひえ》や粟《あわ》、雑草に川の諸子《もろこ》や鮠《はや》、ドジョウ、良いとこ沢蟹《さわがに》、そんでだ、たまたま、自然薯《じねんじょ》、柿《かき》の、栗《くり》の、胡桃《くるみ》などと、これは旨いと思ってりゃ全部献上せよと、お城行きになっちまう」

本多村の卓造は、

「そうなんだ。お侍様たちゃ苦労なしで、手に入ったもん食うって満足。俺らたちゃ、お侍様がこんなもん人間の食うもんか、と捨てられる。そんな粗末なものがやっと口に入る。その俺たちが食の達人！　お代官様、いくらなんでも百姓を馬鹿にしなさっとる。わしらは、この世でお代官様ただ一人、と思って、心から尊敬してきたのに」

百姓一同はみんな、そうだ、そうだと騒然とした雰囲気の中、代官は笑みを浮べ、両手を前に広げながら、

「分かった。分かったから少し私の話も聞いてくれぬか」

それでも怒った顔もせず、ニコニコしながら応ずる代官に、何かを察したか、百姓たちも耳を代官に預けることにしたようだ。

「皆の言うことは、この代官よーく分かっておる。その上でこれから言うことをよー

く聞いて欲しいのじゃ、なっ！　分かってくれるかのう！」

百姓たちは何も言わず皆、頭を上下に振っている。

「喩えて言うなら、もの凄い城や豪邸で、豪華な寝具蒲団で、くる夜もまたくる夜も、寝つかれず眠られぬ夜を過ごす人がいたとする。一方、傾きかけた古屋の、隙間風が吹き抜けるボロ屋の、煎餅布団でゴオガオ大鼾《おおいびき》で眠られる人と、みんなどちらが幸せな境涯と思うか。贅沢が幸せと思うか。どうかな？　本題を申すが、あまりにも高価で豪華な御馳走を食することもなく、たまたま白米を食べたとする。みんなそんな経験は無いと思うが白米だけで充分旨い！　となる。添えられるおかずなど何もなくとも、う～ん旨いとなるのだ。しかし、しかしなのだ。毎日白米だけ食べておるとじゃ。たまには何かおかずが欲しくなる。そのおかずに馴れると、また変わった食材を求めるようになる。そうして豪華物へと腹の要求が続いて、その頂点は哀れと言う以外ない」

と言うと、みんな哀れでもいいからその豪華なものを腹いっぱい食いてェと、思っている。

「そんな気持ちはこの代官よーく分かるが、ここでもう一度考えたいと思う。どんな立場であろうが人間の口にあるのは舌。上も下もない皆平等なのだ。

簡単な食材を、真から旨いと思う人。道端の草の根っ子でも、山栗の実でも、食べ方によってこれは旨いと言える舌を持っている皆んな、私はそんなここにいる人たちが好きだし、大切な方々ばかりだと申しあげたい。こんな代官、橋本祐三郎だが、これからもよろしくお願い申しあげたい。

皆さんの舌は安っぽい舌ではないのです。上の立場の者の舌より価値のある舌を持っているのだから、豪華なものを旨いは当り前、その方々が見向きしない食材を、その食材の中にある旨さを見分ける舌を持った皆さんの方が、どんだけ価値ある生き方をしているかと、私は心から感動致しておるのです。今ある人生にけっして負けないでがんばっていただきたい。

山芋掘って擦りつぶし、稗や粟にたまりじょうゆを薄め、こりゃ旨えと、また桑の実や茱萸《ぐみ》、野苺《いちご》でも、これは旨いと初に食べたのも、あなたたちではないか。山独活《うど》、野蒜《のびる》、小川や田んぼの泥鰌《どじょう》、鮒《ふな》、沢蟹《さわがに》、初めはあんたたちが見つけ捕まえ、食べ方まで研究して「これは旨い」と、あれもこれも役人に取り上げられ城へ献上となれば今度は稲子《いなご》、蜂の子と、次から次へと食材を見つけ、食べ方まで見つけ出す。これを食名人と言わんで何とするか。地位や権力を握り、その立場で好き勝手、贅沢、そして旨いだのまずいなど、私はこういう輩が大嫌いだ。

贅沢の積み重ねの中で、旨いまずいの口と、あなた方は貧しい生活の中で知恵を絞り、工夫を重ね、稗でも粟でも、口に入れる時には「う〜ん旨い」と、この鍛えた口、これを食文化の王と言って、どこが間違っていると言うのか。先ほど述べた食名人との私の意見。どう間違っているのか、皆の衆。私は自信を持って生きて欲しい。どんなに大変な時でも、その勇気と諦めない行動に必ず幸せがくると私は思うのです。あとは皆仲良く助け合って生きて欲しい。私は皆さんの味方です。また逢おうな。皆も気を付けて帰るように」

辺りはうっすら暮れかかったが、皆の心は日本晴れ、それぞれ手を振りながら帰途についた。一番星がひときわ大きく見えた。

代官と庄屋の心遣いで、夕方近くまでの座となり、軽い握り飯を配り、家へのみやげとする者、早速口に入れる者、様々に散会の途にその足は軽く弾んだ。

龍五郎は、

「そうか、あのお代官は、俺ぁたちと同じ食生活をしとりなさると前に聞いたことがある。けっして贅沢などなさらない。それを口に出さず、わしらと同じ立場で物を言う。わしはこの御代官に死んでも従いてゆく」

それを聞いた龍五郎近辺の百姓たちは、心から納得した。百姓たちの目前、大空の夕陽が心の中までまぶしく輝いていた。

橋本祐三郎も自分は代官である、との自覚の中、何もかもうまく行ってる時は良いが、全国的にも雨が降らぬ。この天候の中、いつ米騒動による百姓一揆が勃発せんとも分からぬ状態にあることは、頭をかすめてならなかった。

徳川幕府が年貢米制度を敷いて以来、十七世紀中程より、百姓一揆は起きているのだ。寛永十四年（一六三七）九州島原では一揆が、慶安五年（一六五二）佐倉騒動など、百姓はその苦しみの中、刀の暴力に竹ヤリ、鍬《くわ》、鎌《かま》で戦い、多くの犠牲者

五、人の価値

大飢饉の困窮の中、百姓を護る為の方法を考えた代官橋本祐三郎。百姓を殺しては永久に郷土が滅びる。米を作る農民こそ郷土の宝と考えたのです。

（作者　達夫、哲夫）

を出している。

十八世紀に入っても、なお、享保五（一七二〇）年会津御蔵入騒動、宝暦四（一七五四）年久留米藩大一揆、明和二（一七六五）年には関東にまで及ぶ一揆、中山道伝馬騒動まで引き起しているのだ。来る年も、また次の年も、苦労に苦労を重ね、やっとの思いで取り入れた米を、家族にも与えることも出来ず、何一つ手を汚さぬ侍たちが強制的に収奪してしまう。年老いた親にも幼い子にも苦労かけ通しの妻にも、一粒の米も喉を通してやれない。これを不条理と言って百姓が立ち上った。これが一揆なのだ、と天のどこかで声が聞こえて仕方がない。

そして一九世紀、一八四二年、天保十三年にも近江一揆が勃発している。その前の一七七三年、丹生川村と大原騒動があり、幕府は武力弾圧で多くの百姓を殺した。岩村藩からの出兵もあり、多くの費用負担がのしかかり、その付けは百姓の生活をより圧迫したのである。そして飢饉である。食べ物がないのだ。山野に食を求めて彷徨《さまよ》う人で溢れた。

天保年間の美濃加茂では、子を亡くしたその墓碑が数多く出た。そして、岩村藩内は阿木の両伝寺部落、ここでは食べられる物が多く手に入ると噂が立ち、どこからともなくその噂で食を求めて多くの人の群れができ、その人たちはその場でこと切れて、死に絶え、死骸の山となったという。この地名が現在も乞食平として残っている。乞食がたくさん死んだからだという。

文政から天保という時代は、大飢饉が全国を襲った。草に命の光を求めた庄屋宗右衛門も万策尽きていた。祐三郎に救いを求めて、何度も尋ねては思案を繰り返した。

飢饉の中でも、少量ではあったが田んぼに送る水の確保のできた阿木地区、さらに貫太や吾市らの連携で水田を造った飯羽間地区も、米の取れ高はかなりの量分減作であったのだが、指定された量の納米に届かないにせよ、少しぐらいはという思いで、納米を果した。

貫太の家の横の広場に、厳しい条令の立札が、そんな百姓の苦しみを嘲笑うかの如く、こちらを向いて立っている。貫太は字が読めないので全く平気な顔でいられたが、それとなく周囲の雰囲気で落ち着かない状況ではあった。そんな貫太や吾市ものところへ、富田村の松造が訪ねてきた。水の具合を見にきたのである。富田村も

文政、天保の大飢饉は米・麦不作の中、草の根も枯れ果て多くの死者も出た。

（作者　八千代、美鈴、彰子）

水不足で田も枯れ、不安に苛《さいな》まれていたのだ。松造は吾市や貫太から説明を受け、頷きながら感心しきりであった。この二人の智慧《ちえ》にあやかりたいと富田村の地形や状況を思い浮べ、頭の中は溜め池造りでグルグル回転していた。松造は首を横に向け、立札を見つけた。

富田にも同じ物が役人の手により立てられていた。しかし、この内容を見れば誰人たりとも暗く沈んでしまうが、貫太は明るい。こんな状況で松造も貫太のように悠々としていられたら、と羨ましく思った。すると貫太から「松造さん、あの立札、お役人数名でこの前取り付けていきなすったが、お役人がよーく見ておけ！　と言いなすったが、見るぐらいは俺らもできるが、俺らァ一つも字を知らないから読むことができないでさぁ」と言うのだ。松造は貫太の明るさがようやく理解できた。

辛いこと、悲しいこと、など知らなければ何も苦しむことなどなかった。能天気でいられるのだ。松造は、貫太にこの条文を読んで聞かせることを躊躇した。百姓の努力や苦労など屁とも思っていない。丹羽瀬清左衛門が、藩政の大改革を断行し、農民の心得として、厳しい条令を次々発令した。重苦しい空気を立札にぶつける農

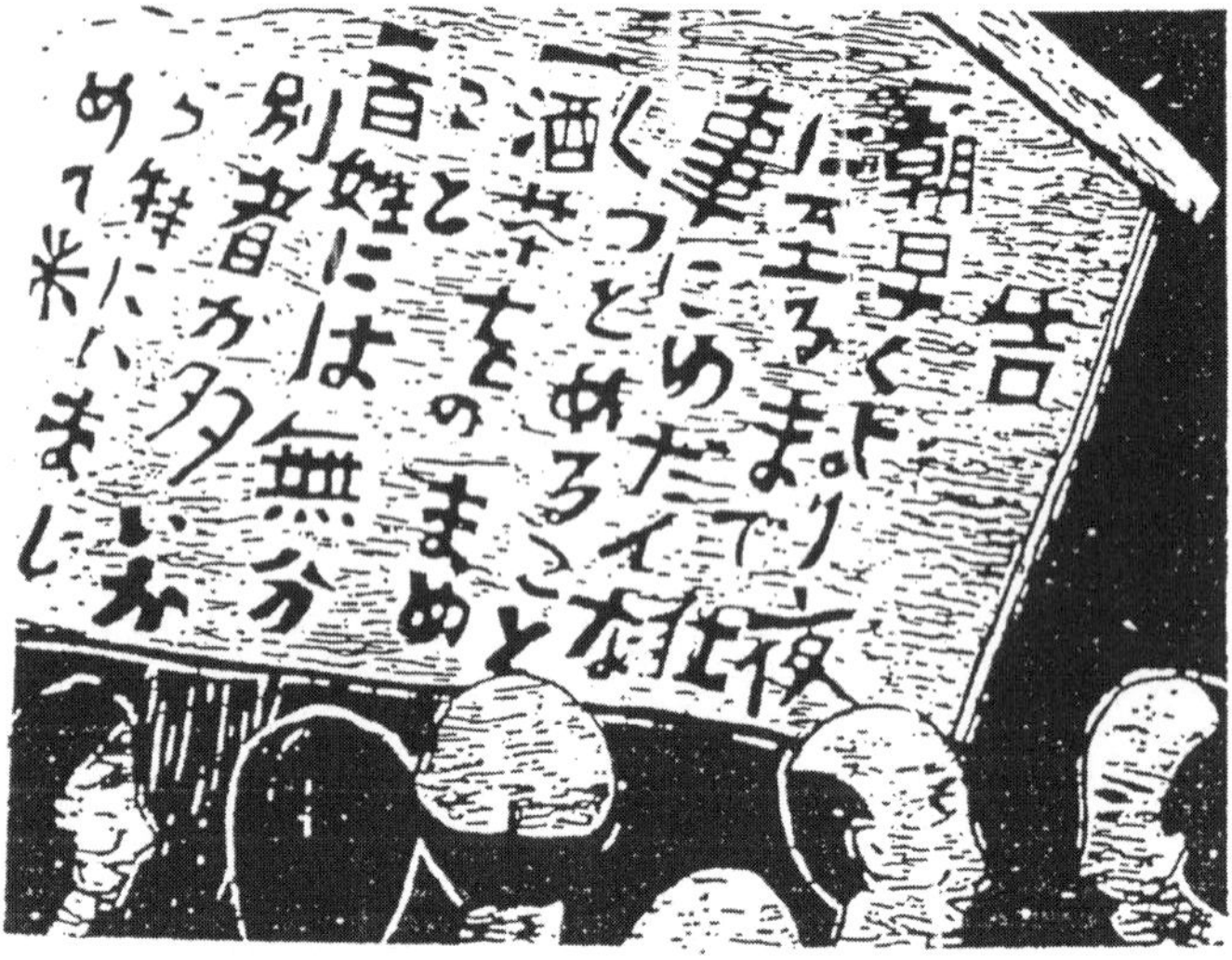

大飢饉の中、農民に対する厳しい条令が発行された。

（作者　安子、昭美）

民たちの姿。悲しい泣き声だけが谷間に流れた。
因みにその条令を何点か掻《か》い摘《つま》むと、次のようなことが出てくる。

一、農耕に専念し、農作物の多収を図ること。
一、朝早くより夜に至る迄仕事に油断なくつとめること。
一、酒茶を飲まないこと。
一、百姓は無分別者が多いから特にいましめて、米穀は大切にし、食物は雑穀を用い飢饉の時の用意をすべきこと。
一、男は農作業、女は織物に朝夕つとめ、物詣《ものもう》で、遊山、湯茶をつゝしむこと。

等幕府の農民統制上の精神を説いた。
その意味を見ると、
一、国産を計るということは藩政の利益の為に行うのではない。これを急に行うとすれば庶民に迷惑を及ぼすことになる。さりとて捨ておいては民の生活が次第に苦しくなるばかりであるから、時勢に即応しつゝ改善して行けば、自ら人民の為にも上《かみ》の為にもなるであろう。行住坐臥忘れてはならぬ。これ国産に対する根本精神である。

一、三つの利について、古人曰く、一年の利は穀を植《う》ゆ。十年の利は樹を種ゆ。百年の利は徳をうゆ。と、まことこの三つは国益であるが、それにも大小軽重がある。唯今国産方で取扱っている。限りある田畑に、限りある人数を以って、如何に努力してもその生産は限度がある。何とかして領内の利益を増すように工夫しなくてはならぬ。これには上下一致の精神的心がけ「徳を植付ける」ことが肝要である。現今は藩の財政も逼迫しているから、少しのお金でも大切にしなくてはならぬ。さりとてつまらぬことで民と小利を争い大利を失ってはならない。領内に利益が多くなれば、たとえ御蔵の中へ一粒一銭入らなくとも、根本の利益さえあれば国は安泰である。民は国の本という語もある。よくよく自重すべきである。

一、国産の本末。国産の第一は一坪の地でも遊ばせることなく開墾して、産物を上げることである。凡そ田畑の多い所は人も多く、田畑と人数に従って米穀も生産され、其人の多少によって食物其他の物質も消費せられるのである。故に米穀はすべての本であるが、それ許りでは国は富むものではない。すべての業に携るものが銘々の職に精出し、少しでも多く産物を作り出すことが世の中の生活を豊かにするのである。

一、真の利を求める。下賤の民は愚かなもので、眼前の小利を歓び大利を弁えないものが多い。従って子孫将来のことなど心がけぬものである。故に新奇な事業は誰も考えるものはない。国産方に於いてはこの点に鑑み将来利益になると思われる産物を考え、器物食物に至るあらゆるものについて研究試作し、また草木の増産方法についても研究して、社会民衆の生活の利益になることを考えている。すべて民衆の先頭に立って模範となることを目標としている。

一、将来永遠の利を計れ。

すべて若い者は自分自身の損益すら考えず、況《ま》して一村一郡の損益など考えているものはない。やがてこれに気が付く年齢に達した頃は最早時遅く、すべて役に立たなくなる。例えば木を植えてこれを育て、板や柱にしようとしても、それは我墓の苔むす頃にならねば間に合わないと思い、つい計画を断念し、子孫の為とも考えず一生何一つなすことなく酔生夢死の中に死んで行くのである。これはまことに愚かなことである。志あるものは子孫のことは勿論、世の将来を考えて聊かでも世の益になることは、草や木を植えるように老若いずれも各々のつとめに精進すべきである。

一、各々職分につとめよ。

士農工商の四つの社会的職分は、それぞれ自然に与えられたもので、例えば士は知行を増し席を進むことをつとめ、農工商民はそれぞれ己が職分につとむべきで、それを捨て置き、朝寝・昼休いたずらに時を空費し、一日の怠りは一年一ヵ月の損ということさえ心附かぬやからは、誠に嘆かわしきことである。大平御代に生まれ安穏に生活できる国恩を思い、銘々の職分に励むべきは勿論、何とかして少しでも社会の人々に益あることをなさゞれば、人と生まれし甲斐がないと自ら恥じ、万事に心を尽くすべきである。

——等々、まだまだ其の他、御城山を始め村々にある林を伐採したら、その跡に必ずその土地に合う木を植えよ。竹は五月十三日に植え、松は自然に倒れるぐらいまで土を掘れ。

岩村町人共から江戸へ出した品々、評判も悪い。それは粗悪品を出しているからだ。数年来の弊風は一度や二度注意しても中々改まらない。なので入念に申し付けておく。等々其の他、細部にわたり注意点を次から次へと送り出し、そうした箇条の外、緊要なことも数多くあるが、差当り思いつかないことは後に附け加えるであろうと。

このように、丹羽瀬清左衛門は、国産意見書に印しながら、山林に養蚕に開墾に百姓を煽り、工商を焚き付け、自身の計画が着々と進行しているかの如き状況をつくり上げていったのである。

六、噂の根拠

こうした成り行きを、立札の下で延々と話している内、吾市は用を思い立ち家方向へと帰って行った。松造は、思いついたように貫太に言った。それは、今の今まで仲良さそうにしていた吾市のことだったのだ。

「吾市とはいつ頃から仲良く行き来するようになったのだ……」

と松造の言葉に貫太は、何でいきなり松造さんはこんなことを言い出すのかと疑問に首をかしげた。

貫太は、松造にそのまま「何で、どうして」と松造の顔を覗き込むように訊いてみたが、松造は「気イ付けた方がいいと違うか？」と言うのだ。ますます、気にな

る貫太は、

「のう松造さん、前にもどなたか忘れたが、そんな風なこと聞いたけんど俺には解らんし、知っているなら今ここで教えてくんろ！」

と、こんなやり取りの中、松造はさも昔から詳しく知っているような話をしてきた。

「貫太、あのなぁ。吾市のところに若い嫁さんがいてな。そしてまだ四つ五つの子供もな」

「よおく知っていなさるなぁ、松造さん。吾市さんとは親戚か」

「そうじゃないが、何年か前家族で引越してきた。あれは余所者だけん、詳しい過去は知らんのじゃが、当時は吾市のお母もいて、どうも木曽の十二兼《じゅうにかね》村の方から流れて来たようじゃ。吾市には二十歳ぐらいの息子がいて、あの嫁さんとに生まれたのがあの幼い児だったようじゃ。ここまでがどこにでもある物語。であれば何も問題はないのだが、さてそこからが噂の出どころなんじゃ。その問題は息子なんじゃ。ある時突然消えてしまったのだ。どうしてだ。どこへ行ってしまったのだ。誰も知らない」

「じゃったら吾市さんに聞いたらええんじゃろが」

「それが、付き合いが短いのもあって誰も聞こうともせず、変てこな噂が流れて久しい。あの息子は本当はキツネじゃったとか、曰く因縁があって神隠しにあったから突然姿が消えたとか。ある時、お代官橋本祐三郎様が調べに入った時、次の日に高熱を出され寝込まれたことがあった。あれは祟《たた》りだ。それ以後誰も付き合う百姓もいなくなった。それから」

「それからまだあるの」

「そう、それからが大変な事件が起きたのだ。息子が消えたのは、本当は吾市のしわざだったと言うんだ」

「何だって、そりゃ嘘だ。吾市さんがどうしたと言うんだ」

「あの可愛らしい嫁欲しさに息子を殺したと言う者が出て来たのさ。それで、あの小さな子供は本当は吾市の児というのじゃ」

「そんなァ、無茶苦茶な嘘八百《うそっぱち》じゃ。俺らぁ絶対信じんぞ！　誰だ、そんな口の曲るような嘘を言うのは、俺ら許さんど」

「だが嘘と言うのも本当と言うのもどちらも証拠も無いし、本人吾市もその件について は何も語らんのじゃ」

「そんな遠い所から家族みんなでこの岩村へ倖せ探しに来たのに、なんで余所者なんじゃ。なんで親切に迎えてやれないのだ。あんな良い人たちを、ここは酷い人たちの集団でないのか、俺ぁやだー」

「貫太。お前は良い奴じゃ、わしはおまえがひとりがんばっていることが心配でならんのだ」

「俺らひとりなんて思ってなんかいない。この村の衆皆んないい人ばっかで、毎日が楽しいし、俺らぁこのままでいいのじゃ。松造さん！　俺らと一緒に吾市っつぁん所行っとくれや。今から、今、聞いたこと問うてみたい。きっと何かあるはずじゃ」

「いやぁ、そうするといいのじゃが、ここで随分油売ってしまった。もう帰らんとわしも家族に心配かけるといかん」

「そうか。無理言ってはいかんから、俺らひとりで行ってくる。嫁さんもとても優しく気立てのいい女だぞ。お父さん、お父さん、貫太さん、おいでだよって甲高い声で呼びなさる。子供も貫ちゃんて飛びついてくるんだ」

「貫太！　今の言ったこと本当か？　世間での噂とちょっと違う気がする。普通の家族じゃないか。すると吾市は嫁のこと、なんて呼んどるんじゃ」

「嫁のことは美佐江って優しい呼び方しとるよ。すると、ミサちゃんは、ハイ！お父さん、って返してるんだ。本当の親娘みたいだよ。それに吾市っつぁんは、時たま木曾の方へ何か探して旅に出なさるのだ。何を探してなさるか俺には分からんが、嫁さんの在所が十二兼村だそうで、可愛い孫の顔も向こうの親に見せてやりてえが、まだ、小こいから無理だからのう、って言ってただ」

「そうか。世間の奴らの噂と随分違うぞ。俺らも人の噂に勘違いさせられていたようだ。と言うことであれば、吾市っつぁんに改めて会いたい。それで力になれることがあれば良いが、気になることは何か？　探していることだなぁ」

「そうか。松造さんがそう言うなら今度松造さんの暇の取れた時、いっしょに行こうか。いや行って欲しい……なっ」

吾市の息子を仙太郎と言い、その嫁を美佐江という。その子供は、加那という女の児である。三年前に、この二人の間に生まれた。

日を重ねる毎にその可愛らしさは、美佐江にとって十二兼の両親に見て欲しい、抱っこして欲しいと、遠い空を見て泣いたそうだ。仙太郎はそんな嫁が不憫《ふびん》でならなかった。二人で出かけるのも子連れで、山道を幾つも越え、中仙道を歩くのは雨風もある。山賊も横行すると聞く。仙太郎は悩み抜いた末、吾市に告げたと言う。

吾市は自分では何度か歩いたこの距離は、吾市でも大変だし、途中山道の杣木林などで長雨にでも当たったら、それだけでも寒さ凌《しの》ぎなどできず、民家の一つもない峠で死を意味する。さらに、山賊、追い剝ぎなど物騒な評判も数多あるのだ。

吾市にとっては、大事なひとり息子を、そんなに遠くの旅へ向わせる訳にはいかんと、また絶対行かせまいと決めていたのに……。

仙太郎は嫁の美佐江に、お前のおっ母ぁとおっ父うは俺ら絶対ここへ連れてくるでなァ、楽しみにしていろよと言い残してある朝早く家を出たという。

それっきり、何の音沙汰も梨《なし》の礫《つぶて》で、仙太郎の顔は、この家から消えてなくなった。嫁は塞ぎ込む、正気を失し子が泣けば大泣きして抱きしめたまま、吾市も気が動転して、何も手に尽かない日々が続き、美佐、お父う、これから十二兼まで行ってくると二年前に旅に出た。吾市は十二兼の、ミサの実家に着いたのだ。

仙太郎は来たのかとか、どうなったとは一言として口に出せなかった。

来たという事実があれば、嫁の在所の方から話が出るはずだと思ったからだ。しかし、そうか、吾市っつぁんひとりで可愛い孫を、全く羨ましいわなァ、それで仙太郎さんも元気かい。と、美佐江の母の口から出たのだ。この一言で仙太郎の行方探しの決断を背ってしまった吾市であった。岩村への帰路は息子探しに何日も費やした。中仙道といっても、木曾路すべて山の中、屏風のように切り立った山また山の街道である。どこをどう探したら良いのか、宿場は妻籠から馬籠と、店から宿へと聞きまくり、民家にも何軒も立ち寄った。道端を流れる小川も何度も見て回った。何の手がかりも摑めぬまま、へとへとの身体を根の上の峠で一晩眠り込む野宿となった。寝ながら仙太郎の名を連呼する吾市の震え声が哀しく、夜鴉も一声同情の声を発していた。月は三ヵ月に及び、明日は飯羽間村へ帰ろう。ミサッ、ゴメンョ、俺ら仙太郎に逢えなかった。許してくれ。吾市は帰ってからの嫁の顔が瞼に浮んだ。

説明のしようもないのだ。そう思うと心が折れた。足は勝手に家路だが、ヨタヨタと何度も足元がふらついた。孫の加那にもなんの土産もないまま、家が目に入った。

百姓が田に入って作業する姿も、何故か空虚な心に風穴の如し。

オーイ、吾市っつぁんの声が通り過ぎていった。その声を聞いたか、美佐江はお父さんと泣き声で飛び出してきた。そのあとを加那も、お母さんと裸足でおっかけてきた。何も言葉の出ない吾市に、ミサはそれだけで全て感じ取ったのか、しゃにむに抱きつき、大きな声で泣きじゃくった。加那もおじいちゃんと、腰の当りに抱き付き泣いている。

そんな情景を、あっちこっちの田の百姓たちは首をかしげて眺めている。そもそも余所者の目で見ていた連中にとって噂のタネには充分な光景を与えてしまったと言ってよい。

家の中に入った吾市に美佐江は、お父さん長い間、ご苦労かけて、すみませんでした。とまた泣いた。

加那は、吾市の首に抱きついたままである。吾市にとって、この孫の温もりが、どれほどの癒しになったたか。これも仙太郎が残してくれた宝物だと、思えば思うほど、仙太郎、と命の底から叫びながら、知らず知らず加那を力を込めて抱きしめるのであった。

六、噂の根拠

加那は「イタイ！」と声を出す。

土間で茶を入れていたミサが思わず笑う。これだ！　仙太郎がわしに贈ってくれた幸せなんだ。仙太郎、わしが必ず探し出してやると固く心に誓う吾市であった。

そんな中での松造と貫太とのやりとりが先日の噂ばなしであった。

人の不幸話に思いやりなどない。そればかりか、面白可笑しく尾鰭《おひれ》をつけて飛んでゆく。

吾市は無口になった。笑顔は遠くへ捨てた。心を閉じたが、それでも近くで面倒を見た人々数人は、吾市から離れないで近づいてくれた。その人たちは、たまに吾市と行動を共にすることもあった。

あれから数日経った、夏の終わる頃。通りがかりの旅人が、吾市の家に立ち寄った。ちょうど貫太が吾市を訪ねていたところだった。旅人は、中仙道を美濃加茂へ向かう道中、立ち寄ったとのこと。

過日、吾市が、十二兼の嫁の実家へ行った帰り、妻籠《つまご》宿の茶屋で、息子の仙太郎の件を、もし何かわずかでも心当りがあったらと、話してきた。それが茶屋周辺の話にのぼり、読書村で若い旅人さんが雨に打たれて倒れていなさるのを、近くの民家の方が、家まで連れて行きなさって、村医まで頼んで介抱しなさったそうだが、手遅れだったそうだ。そこで近くの寺に埋葬して、持ち物やなんかは、もしもということで、村医さんが預かっていたそうだが、その村医さんへ立ち寄った旅人さんが大井宿へ小用のため、立寄ると聞いたので、村医さんが旅人に依頼され、吾市宅へ届けられたとのこと。吾市は、中を確認する前に、遠く、お急ぎの旅の中、この親切、心より御礼申しますと、深々と頭を下げ、中身は息子かどうか。そうであっても、なくっても、私が責任をもって、読書村の方にはお伺い申します。本日の御好意心より御礼申しあげます。どうぞ、ごゆっくり。今、お茶でも用意致しますのでと促すと、旅人は私も先を急ぐ身、それが息子さんであれば、お気の毒です。そうで無いことを祈り、御無礼をと、そそくさと旅立って行った。

美佐江は、もう仙太郎と決まったように、その遺品にしがみついた。加那は何もわからぬが、母のミサの姿をみて、感じたのか小さな声をふるわせ、おっとうちゃんと泣いた。吾市は、その遺品の風呂敷を見た瞬間、旅人の手の中にあるうちから判断がついた。貫太に背を向けたまま吾市の声は、仙太郎――と地を這うような呻《うめ》き声となって震えていた。

その背中に、ジィジィと加那は飛びついた。

十二兼のミサの両親に何と詫びたらいいのか吾市は深い悲しみに落ちていた。

その友人から貫太は話の中身を聞いた。

貫太は吾市が可愛相と心から同情するとともに、自分が吾市に心を開いて付き合ってきたことは、間違いではなかった。これからも、吾市っつぁんの俺は味方だと誓った。


百姓一揆は徳川幕府の時代に、何故多発したのか。

農民たちの生活の窮迫、それは四百人からの侍の生活、高山出兵の費用、年貢米の増加、城山や中仙道の整備の税負担。百姓たちの悲鳴が聞こえます。

（作者　不佐代、逸子、徳子）

天明三（一七八三）年の天明の大飢饉以来、天候不順は続き、農民にとって五穀、特に年貢米の貢納を強制する政策に、餓死するものさえ出た。財政困窮の中、岩村藩では文政九（一八二六）年、松平乗美《のりよし》が六代目藩主として、名門の出である丹羽瀬清左衛門を家老に登用した。この時点から岩村藩の百姓にとって、丹羽瀬登用そのものが、大きな重荷となったのではないか。

貢納についての厳重な取り締りが施行された。もし、それぞれの農家で決められた年貢米が収穫できなかったら、どんな罰則が科せられるのかと思うだけで息が詰まった。その不安極まりない中で飢饉は発生したのだ。岩村藩の財政困窮は、高山騒動出兵の出費も大となったが、大名行列の江戸への往復のための、中仙道整備工事も大きな負担となった。

こうした財政難に自然災害が、百姓たちへの皺寄せになって伸《の》しかかったことは言うまでもない。

弥吉は、

「庄屋さん、このところ毎年、天候の具合は、一体どうなっちまったんか。昨年は、田植えが終ってやれやれの後、降り続いた雨が止むことなく、稲に穂が付かなくおまけに台風で、田んぼも道も、家までもグチャグチャにされた。年貢米も何も、俺たち百姓にとって大きな窮地に追いやられた。苦労して、田畑を作り直してやっと、出直した今年、天から雨がポツリともこない。御天道様は俺たちにどうせよと言うのか。俺たちは何も悪いことしちょらんのに」

「そうだなぁ、お天道様のことは、わしにもどうしようもないが、お前さんの田、城山から流れてくる水路はどうじゃ」

「いまんとこ水量が少しばかりは減少してきたようですが、このままだと心配しとります」

「そうか、そのうち何とか降ってくれると信じているが、弥吉の得意な山菜集めも、できる時に採って保管しとくと、イザ困った時には助かると思うが」

「わしもそれは分かるが、秋の終わりに年貢米がどうなるか、それが心配で」

「そうじゃな！　ともかくも今は水の確保を大事にすることじゃな。わしも上郷の百姓衆が気になるんで、これから一回りしようと思ってるところだ」

　どこを回っても、どの農家も、年貢米の貢納がどう切り抜けられるか、心配はそればかりである。

　久保原村の作之助、権次郎、飯羽間村の貫太と訪ね、やはり誰からも年貢米が無事納まるかどうかが心配で、水不足のため米の成長に繋がらない。と口々に出てくるのだ。

「庄屋さん、俺の裏池から湧いて出る水量もこのところ極端に減少し、下村の吾市さんへも届かなくなっておるんでさぁ。どうしたらよいか。それに今まで、なんのかんのと言って、お代官様にその都度無理をお願いして、今年こそと懸命だったのに、この調子だと、恩返しどころか、お代官様のことが俺らぁ心配でならないよ！庄屋さん！　どうしたら良いか、教えておくれよ」

「う〜む！」思わず言葉に詰まってしまった。そのまま天を仰ぐ庄屋、雲一つない晴天にひばりの鳴き声だけが無情に響いて空しい。

「貫太よ。その少量の水を絶やすでないぞ。工夫して、大事にするのだ」

その言葉を残すと、すぐ下村という村がある部落の田吾作宅が心配で庄屋は駆け出したのであった。

夕陽の沈むのも、すぐそこまで来ている。すると田吾作の嫁が、家の横の櫓《やぐら》が組んである、その綱を滑車に掛け、「よいしょ」などと引っ張り上げているではないか。

「朝美殿！　どうしたのじゃいったい！」

すると驚いたことに、その下に直径八尺三分ぐらいの穴が掘られ田吾作がしゃがんでいるではないか。

「あらら庄屋さん、どうなさったのですか」

「どうもこうもこっちが聞きたい。こんな大きな穴を掘るとは、いったいどうしたと言うのじゃ？」

田吾作は自分の背丈ほど掘った穴の中で背筋と腰に両手をあてがい、グーッと伸ばし、「朝美、今日はここまでにしよう」と、穴から出てきた。

ドロドロに汚れた着物も、顔も頭も泥塗《どろまみ》れの田吾作である。

貫太の家とは三十間ほどは離れてはいるが、すぐ上は大きな山林であり、そこからチョロチョロ流れ下る沢水は、生活には、とても有難い恵みである。

田吾作の家は先代からこの沢水を使い、生活に田の水に利用して生きてきた。

しかし今回の飢饉の中、沢水の減少は先行きに不安を感じた。上の貫太の湧き水が日頃より気にかかり、ひょっとしたらこの地下にも水が流れているかもと思い立った作業が井戸掘りだったのだ。


「庄屋さん、昨年の雨、雨、雨と、おまけに、それみたかと台風で、殆どの農家で米が取れたと聞いた例がなかった。一番心配かけたのは、お代官様だった。わしらも、なけなしの米は出したものの、あのお代官様は、お前たちの生活は大丈夫か、年貢米など来年またがんばれば良いのじゃ。百姓のみんなが心配なんじゃ……と。木の実や野草など、食えるものは、大事にしなよ……と。あのお代官様の言葉は役人の立場で言えることじゃないわ。忘れることはできねぇ……」

「そんな田吾作さんの言ってること、お代官が聞いたら泣いて喜ぶだろう。田吾作さんの真心、わしからも礼を言う」

「何を言いなさる。庄屋さんまで」

「それより、明美さんとふたりで、こんな深いでっかい穴など掘って、一体何をしようとするのじゃな？」

「ああ。これは以前、吾市さんに教わった井戸掘という作業なんで、わしも今回初めてのことだから、下から水なんぞ出るもんかどうか半信半疑ですわ」

「へえェ！　驚いた。こんな場所掘って水なんぞ出るというのかい」

「吾市っつぁんの故郷じゃ、湧き水がある近くを掘れば大概は地下水は流れとるって言いなさるのさ。すぐ隣の貫太の家の裏じゃ年がら年中、水が湧いとるから、お前さん家のどこかを掘ってみたらどうか？　ヒョッとして、出てくるかも……。と言いなさるもんで、よしっと決行したんだ。もし出たならこの地区の皆んなに、この水を回せば、米はできる。お代官様が喜んでくださると思って。あっ庄屋さんどうしなさった」

「……う……」

後を向いて背中を震わせている。

「庄屋さん！　何か駄目なことわし言ったのかなぁ、庄屋さん！」

「田吾作さん……！　すまん。これほどまでにお代官様のことを考えてくれているとは、ありがとう、田吾作さん！」

「庄屋さん！　実はこの櫓《やぐら》、造ってくれたのは吾市っつぁんだし、昨日まで一緒に手伝ってくれたのも、実は吾市っつぁん、あの方がなくて、こんなこと、わしひとりじゃ、とても。ただ吾市っつぁん、わしが手伝っていること誰にも言っていかんぞって言うので、でもあの方がいなければ、これでもし水が出たら、すごいことになる。吾市っつぁんのお陰ですだ。でも……」

「もうよい！　わかった！　田吾作さん。吾市のことは聞かなかったことにする。がんばって水が湧いて出ることを心から祈っている。本当にありがとう」

　田吾作は庄屋が何故泣いたか、また吾市のことは聞かなかった、と、しかし水の出ることを心から祈っていると。なんで、なんでなのか、田吾作には理解できないが、でも、この工事はとても大事なことなんだ、と。どうしても成功しなくてはならんと心に深く決意して次の日も再び土の中へ潜った。五尺ほど掘ったところから、一尺の岩石が出て手間取る。こんな石ぐらいと思ったが、外での扱いと、穴の中の狭い場所ではまったく勝手が違う。それにどうやって外へ出すのか焦《あせ》る中、夕暮れ近く、吾市っつぁんが、飛んできてくれた。

「ハハハハ。これは丁度いい石だ」

慌てることもなく、この石は、このままでいいのだ。と言う、田吾作はチンプンカンプンである。

「これからが大変なんだ。この石は腰掛けとして使えばよい。そうすれば座って仕事ができるのだ」と。

「そうだったのか。出てきたものは、みんな外へ出さなければと思っていた。そうかーと納得して次の作業に移ったのだ。それにしても吾市っつぁん、自分の家の仕事やらなんやら大変忙しい中、俺らぁ申し訳ないと思っているんだ」

「なぁに心配することはないさ。早く水が出るようにがんばろう！　もう一息、一丈までも行けばなんらかの徴《しるし》が出ると思うがのう」

——その夜遅く、いきなり雷と共にドシャ降りとなったが、ほんの短い間であった。田吾作は、穴の中が心配であった。夜明けと共に穴へ走った。足首ぐらいまで水が溜まっている。

するとと吾市がヒョッコリと顔を出した。やはり心配だったのだと田吾作は思った。

「田吾作さん、今掘っている土質は粘土層で、どれほどの深さか掘ってみないと判断できないが、この層を抜けると、ひょっとしたら水かもと思うのだが、がんばろうな」

「ヘエ〜そんなことまで分かるとは、吾市っつぁんは凄いなあ」

「やってみなくては分からんと言っているのだから、さあがんばろう！」

朝早くの一時、手伝った吾市は、自分の仕事へと帰って行った。田吾作は吾市が傍にいると心強いが、ひとりになると不安でならなかった。しかし、作業が遅いと吾市っつぁんが次来た時に思われるといかんかと、こつこつでも井戸の穴に入った。粘土のねばりは、ぬるぬるとして、掘っても捗《はかど》らなく、いいかげん欠伸《あくび》と疲れにうんざりだった。

その時。あんた！　お手伝いするねと家事の終った妻、朝美が櫓《やぐら》の滑車の紐を手にして笑っているではないか。欠伸の出かかった口を押え田吾作は、掘り溜った粘土の山を下がってきた籠に、妻の力を考慮した量の粘土を入れてさぁ行くぞっと気合いを入れた。

上では今までに掘った土の山が周囲に幾重にも重なり積まれていた。この土の山を見ただけでも庄屋の心は如何許《いかばか》りであっただろう。と田吾作も朝美も、もっとたくさんの土を積んでびっくりさせてやりたいと思った。だが、この粘土は難物であった。

まる一日掘り下げ、やがて一丈近くなった。ようやく粘土から、とても固い土に変わった。サバ土と言う土質らしいが、一分から二寸ほどの石が絡む土質で、硬さが半端でない。吾市っつぁんから借りた鉄の〝金梃《かなてこ》〟という道具で突っつきながら掘り続けた。かなりの疲れを感じたところで、ふっと足元に、じとじと水気を感じたのだ。暫し様子を見た田吾作が、突然、朝美！　朝美と大声を出した。井戸穴から響いた田吾作の声が、少し離れた所で洗濯物を干していた朝美の耳に聞こえた。

「あら？　どうしたのかしら。何かあったの、どうかしたの？」

「朝美！　水だぞ、ほら水が出てきたぞ！　吾市っつぁんの言葉に嘘はなかった。ほら本当に冷たい水が出てきた。出てきたのだ」

朝美は掘った土の山に凭《もた》れかかるようにして泣いた。

「吾市さんのこと、信じてよかったね。うれしい」

竹を縛って作った梯子を朝美は穴の中へ入れた。田吾作も、泣きながら、ドロドロの汚れた顔、手、服をして上ってきた。感動のあまり、二人は抱き合って喜んだ。

そこへ、吾市が来た。

「どうした！　何かあったのか」

「あっ吾市っつぁん！　出た！　出たんだ！　み、み、水が〜!!」

「そうか！　出たか。……」

井戸の中を覗いた。

「うん！　良かったが、田吾さん、もう少しだ、もう少し掘らなきゃ水の溜りどころを作らにゃ駄目だ。出た水は冷たい。それを掬《すく》い上げながら掘るのだ。朝美さん、もう少しがんばろうな！」

「うん！　ハイ！」

田吾作と朝美はうれしそうにニコニコしながら吾市に向かって手を合わせる。


それから二、三日後、水量は日増しに増え続けた。井戸底約三尺三分周辺には一尺弱ほどの石を積み重ね、井戸は完成したのだ。吾市は、手製の汲み出しポンプを造って水を外へ出せるように、工夫をしてくれた。田吾作は、庄屋さんに、報告をしなければと思っていた。そこへ庄屋も心配をしてかけ付けてくれた。

「お〜い田吾作さん、どうだ調子は。えっ、出たのか、それ本当か」

井戸まで小走りに近寄り覗いて驚いた。下に土があると思えば、かなりの老いた顔が映っているではないか。

「これ私の顔か？　皺くちゃだぞ」

田吾作も朝美も大笑いをした。物事の成功はどんなことにせよ、周囲まで巻き込んで感動に導く、その笑いとなるのだ。

「この成功は、岩村全体のためにも大きな出来事であるとわしは思う。お代官様にはこの私からご報告させていただく。本当にありがとう」

「私は水が天からの恵みと思っていた。しかし、天道様の都合悪い時は、地下様が助けてくださる。そう確信しましたわ」

だから人生負けないことだ。また明日から頑張るぞー。

庄屋はこの田吾作の前向きさに感動と勇気を、自分ばかりでなく岩村全体にいただいたと嬉しさでいっぱいであった。しかし逼《せま》りくる飢饉の気配は心の中に、どっしりと重く伸《の》しかかり、何故か不穏な宿命を感じざるを得ないのであった。

岩村藩全体の農民の努力と苦労は年貢米という重圧の上に、幾重にも伸しかかっていた。一部の農民の努力は、その上に、ある程度の納米に繋がった者、旱魃に稲は枯れ、手も足も出ぬまま、泣き暮らす多くの農民は、藩からの厳しい御達しに、恐怖に慄《おのの》いていた。

今回ばかりは、あの優しい代官に甘える状況でないことは、丹羽瀬家老の、この年のあちこちの立札が頭に浮かんで、今まで味わったことのない恐怖に夜も眠れぬ日々を過ごしていた。予想どおり今年の年貢の納米は、どこの蔵もうら寂しいばかりの状況であった。

意気込んで江戸から赴任した家老のことである。旱魃《かんばつ》の所為《しわざ》とか雨の降らなかったのが原因などと結論することは無いだろう。腹黒い計らいを思うと、背筋が凍る思いを百姓たちは誰しも抱えていた。

七、冬のともしび

秋の暮れ近く、各地で年貢の納米が始まった。収納庫には何人かの役人や、その地区の百姓代表らが台帳を持って慌ただしく動き回る様子が見られる。どうにか、今年は決められた分量は持参できたと胸を撫《な》でおろす百姓も多少なりあるが、全く手が届かないと恐る恐る借りた荷車を引いて小さくなってやってくる百姓。不作は分かっていても、役人から何をお叱り受けるか、不安と恐怖の納米なのだ。

代官橋本祐三郎も納米時期ほど忙しい時はないと、それに百姓一人ひとりの顔が心配でならないのだ。文政十（一八二七）年の秋、雨の少ないこの年、水源のある農家と、わずかの小川の流れが頼りの農家とでは話にならないぐらい収穫に大きな差ができた。

祐三郎は代官としてそうした苦慮する百姓には、不足分は来年頑張って納めれば良いと減米の処置を取って、今年の不足分は、小石やもみ殻を詰めた俵を米蔵の隅に置き、検査役人の目を誤魔化すという代官の立場を利用した緊急の手段を取ってしまった。これ以外に百姓を守る手立ては見つからなかった。百姓にとって貢納する米がないのだ。そんな百姓が大勢泣きを訴えて、空の荷車を引いてくるのだ。泣いている者、しょんぼりと黙りこくる者、取れない米をどうせよというのだと息巻く者、祐三郎は途方に暮れた。来年は頑張ろうなという以外の言葉は見つからなかった。百姓もなんとかしなければお代官に迷惑がかかると俵の中に石ころや籾殻《もみがら》を混ぜて蔵へ納めた。

物陰に隠れている情報屋がいることも知らずに、その日は暮れた。

秋の収穫時は、天候不順で米の不作による苦悩は、百姓にとっては地獄であるが、それに伴《ともな》って、関連する人間関係も暗黒である。小さな田畑しか持てない小百姓にとって、自らの口に入れる作物も儘《まま》ならぬことから、誰も知らぬまに、夜逃げなのか、いなくなってしまう。途方に暮れた者も数多く出ている。村が無くなってゆく。政治はこうした人々を救済するのが役目でなくてはならぬ。権力政治は、人の道を知らない。佐藤一斎の尊い教えが、風船のように、風に舞っている。この年の数年前の、一六五二年、佐倉騒動が起こるが、一揆である。その形態が、直訴の決行であった。

泉州岸和田城主岡部宣勝《のりかつ》が入城する時、農民は、年貢のあり方に不満を訴えることにした。この直訴で庄屋三人が処刑されている。しかし年貢削減には成功したのだ。一時的に。年貢取り立てはいっそう強まり、大豆、小豆、糠、胡麻、縄、藁まで多納を命じられる。

農民たちの騒ぎの中、名主はその苦しみが理解できるだけに頭を抱えた。これ以上佐倉領には住めない。他領に逃散《ちょうさん》しようとまでする者も出てきた。農民代表は願書をしたため、代官に出し、役人には賄賂《わいろ》を贈って帰ったが後日の呼び出しで、代官から却下。農民らは郡奉行や勘定頭へ訴えるも、無駄に終わる。

名主代表三百名が江戸藩邸前へ集まるも拒否され次の日、青山の下屋敷に集まるも、閉め出される。宗五郎の発議で、いっそ老中久世《くぜ》大和守《やまとのかみ》に駕籠《かご》訴《そ》しようと、あくる日、久世氏の上屋敷わきに待機。駕籠の出てくるのをみて、それぞれ懐中から願書を出し、「下総印旛郡佐倉領の百姓、恐れながら願いの筋御座候」と叫んで駕籠を追い久世大和守に願書を渡すことに成功する。

それまでしても願いが通らなかったことで、名主六人は、将軍への直訴をしたためる。

その訴状には、村の現状、潰《つぶ》れ百姓七三四二軒、潰れ寺九七寺、荒れ地になった田畑一二三五町二反八畝《うね》、農民離散無人村六ヶ村、離散農民一三五〇〇余人と、荒状を記し、宗五郎は将軍家綱が寛永寺にゆくと聞いて、三前《さんまえ》橋下に忍びこむ。将軍が来る。橋下から飛び出す宗五郎、竹先に願書を結びつけ、大声で「恐れながら下総印旛郡佐倉領の百姓、願いの筋奏奉《そうしたてまつる》」と。必死に止める役人。宗五郎の命がけの一念は将軍家綱の手に渡った。

その後、宗五郎ら七人の取り調べ。佐倉の役人も取り調べにあう。役人は口をそろえ宗五郎を悪人悪党と難じた。名主六人の処罰の決定。宗五郎は竹駕籠の上に筵をかけ、さらに網《あみ》をかけられ、他の六人は腰縄で佐倉の牢に連れ去られた。その六人、罪一等、追放となるも宗五郎夫婦は子供四人、腰縄で引き出される。そして連判徒党を組んだ、駕籠訴をした、直訴の発頭人であると、夫婦とも磔《はりつけ》、獄門、家財田地没収、子供四人、宗平《そうへい》十一歳、源之助九歳、喜八《きはち》六歳、三之助三歳は、打ち首と宣告されたのだ。その日のうちに処刑は断行された。宗五郎夫婦は磔柱《はりつけばしら》に縛りつけられ、子供たちが打ち首にされるのを見せつけられる。九歳の源之助は、右の首脇に腫《は》れ物があるからと左の方から切ってくださいと言ったという。宗五郎夫婦には、その後槍が向けられた。宗五郎四十九歳、女房蔦《つた》三十八歳、その時の辞世の句、

梅散りて梢《こずえ》は蓮の台《うてな》かな　宗五郎
今日諸共《もろとも》に消ゆる泡雪　蔦

見物人の絶叫は天を突き刺し、突然繰り出た黒雲は怒濤の嵐となり、稲妻となって、いつまでも猛り狂った。

この事件は、幕末嘉永四（一八五一）年、江戸中村座にて「東山桜荘子《ひがしやまざくらそうし》」として上演された。

〝桜〟は佐倉、〝荘子〟は宗五をもじったものという。

ひたひたと迫《せま》りくる不安な予感は橋本祐三郎にも妻多美恵にも、いつになく悲しみを感ずる宵であった。

不気味な生暖かい風が流れ、周辺の木々にあの真っ黒い鴉の大群が、ギャアギャアと騒ぎ立てるのも不吉な予感がした。庄屋宗右衛門も代官橋本祐三郎もその妻多美恵も、訳のわからぬ胸騒ぎを覚えた。

その夜遅く、祐三郎にとってはとりわけ仲の良い同心の上田信次郎が、こそこそ隠れるように祐三郎の裏木戸を開けて声を殺して、オーイ祐三郎殿と呼びかける。祐三郎は来るべき時が来たと覚悟を決めた。

「上田殿。こん時、おぬしに一生のお願いを申し受けて貰いたい」

と告げた。上田信次郎も腹を決めていたのだろう。

「わしはここで待っておる。支度ができたら、いつでも言ってくれ」

祐三郎もすまんと言って、妻多美恵を呼んだ。

如何なる事態があろうと武士である。じたばたすることはあるまい。多美恵も木曾武士の娘である。だが女の身に覚悟はならぬと妻を案ずる祐三郎の心中は、多美恵も分かっている。今のこの場が今生最後となることも分かっていながら、こんな酷《むご》いことがあっていいのか、泣き叫びたい感情を殺し、勝手に流れる涙は堪え、両手を突いて夫の最後の別れの言葉を受けんと、頭を下げたその瞬間、多美恵は崩れ落ちた。

「た、多美恵……っ」

と呼びかけながら抱き起こした祐三郎も堪え切れず抱きしめた。半分気を失いかけた多美恵は必死に夫にしがみついた。

裏庭にいた上田信次郎も声を殺して泣いた。この期《ご》に及んで祐三郎は冷静であった。

「のう多美恵！　わしはこの世に生を受けお前のような素晴らしい女性に巡り合ったことを誇りに思う。何から何まで世話をかけわしの陰となり付き添ってくれたことはわしは死んでも忘れはしない。こんど生まれてくる時は、もっと良い時代を選んで生まれてこような。その時はまたわしの嫁になって欲しい。約束してくれるか」

多美恵はただ泣きながら首を縦に振り続けるのであった。


人間に士農工商などと差別を付けた徳川幕府、どんな立場の人と生まれても天は人を平等と見ていることを知らぬ幼稚な人間は、この差別が悪魔の所業であることに気が付かぬのだ。差別は上下を造り、その上から住み易い順番を設定する。下を人間とは見ない、そして威張り、下から物を取り上げる。気に入らなければ、殺してでも自分たちの権力欲望に座るのだ。まさに天に魔を置く所業、人間界の正しき生き方を全て消滅させ、それを天下と設定する。

徳川幕府は永遠ではない。必ず滅びる時がくるのだ。祐三郎の心は永遠に生きている。

「多美恵！　今から上田信次郎殿と一緒に吾市のところへ身を置いてくれ。いざという時に、きちっと話はしてある。お前の木曾の父上と縁ある者の家だ。ただしだ、お前はわしの妻として名乗ってはけっしてならぬぞ。吾市の妹としてじゃ。明朝は役人が多勢で押しかける。今からすぐここを立ち去るのじゃ。種々言いたいことも山のようにあることは、お互いさまじゃ。それも、先ほど永遠にふたりの絆は約束したとおりじゃ、分かってくれ、多美恵！　さっさ、見張りの役人の来ぬうちじゃ、上田殿、大変お世話になるが万事よろしくお頼み申します」

「よォく分かり申した。さあ奥様、裏口から抜けます。どうぞ！　橋本殿、奥様は間違いなくお預かり申しました。この上田、命にかけてもお護り申します。どうぞ御心配のないように、それでは！」

「かたじけない、気を付けて行ってくれ！」

冬のともしび

熊たけし　詩

桜田誠一　曲

一、倖せでした……あなた……ありがとう
ふたりの賤《しず》ヶ家《や》いまも　金の城
東美濃高原の　寒天干しも
もうすぐ春ね……あなた
咲く桜まぶたに　とじこめて
あゝゝ観るあした

二、生命の限り……あなた……生きました
ふたりで眺めた風の　城山よ
東美濃高原に　霧降る頃か

まぶたを落ちる……泪
あの苦労思えば　頬つねる
あゝゝ城桜

三、こころに灯……あなた……ありがとう
ふたりで誓った夢に　燈ります
東美濃高原の　雪割る花も
もうすぐ春ね……あなた
霙が小雪を　ちらつかす
あゝゝ冬の旅

（昭和六十二年　ビクターレコード）

八、罪人の叫び

妻の去った閑散とした部屋は、どこで鳴くやらコオロギが、今まで以上に騒がしく、賑やかであった。祐三郎が心に決めたこと、それは、この地の民百姓は、自分と係わった以上、何らかの因縁が過去から繋がっていたのではないか。一人ひとりの顔を思い浮べる。皆、愛着がある。あの者たちが悲しむと、代官というより自分も一個の人として辛かった。喜ぶと心から嬉しかった。この者たちのために戦ったのだ。

悔いなどない。家老丹羽瀬との戦が待っている。わしはこの人間差別と、最後の戦をするための機会を天から授かったのだ。

静かな部屋の中で、これからやってくる敵との心の準備は整った。死は来るだろう。

八、罪人の叫び

いつの世にか、橋本祐三郎の、この差別と戦った歴史は、必ず分かってくれる時代は来ると信じている。こう決意が固まった時、心は楽になり夜明けの鶏が時を知らせて鳴き出した。

「お代官様、おおお代官様……」と。

けたたましい勢いで、庄屋の宗右衛門が玄関先へ、続いて弥吉も半泣きでおろおろするばかりのところへ、続いてドカドカッと数人の役人も飛びこんできた。

祐三郎は、

「どうした、狼狽《うろた》えるでない。来たか！　垣崎左門之助、ご苦労である」

役人垣崎は、

「橋本祐三郎、米蔵の横流し容疑の件にてお縄を頂戴に参った。潔《いさぎよ》く縛《ばく》につかれい」

「ガタガタするでない。この祐三郎、罪など何一つ犯してなどいない。垣崎、この祐三郎、逃げも隠れもしやしないぜ。さあ好きなようにいたせ！」

物々しく数人の役人が取り囲み、縄打ちの役人三人、祐三郎の大小刀を取り上げる者、見回り役人は玄関前、その見回りの間から庄屋宗右衛門が身を乗り出して、

しかし不幸は起きてしまった。米蔵の実態が家老丹羽瀬の検査の目にふれてしまった。

（作者　教平、真智子）

「お役人様、あなた方は一体何をなされていなさる。間違ってもこの方はお代官様ですぞ、縄を解きなされ」

「そうだそうだ。なんてことをするんだ。俺たちの大事なお代官様だぞ」と弥吉。

「何を小癪《こしゃく》なことをぬかしておるか。お前たちの出る幕でない。引っ込んでおれ。それより祐三郎、女房の多美恵はどうしたのだ。丹羽瀬ご家老様より妻も同様連れて参れとの御命令であるぞ、隠すと為にならんぞ！」

「ハッハッハー、何をほざいておる。あんな馬鹿女、わしの妻だと、チャンチャラ可笑しいわ。とっくの昔に三下半を申し渡した奴が、隠すも何も、どこにいるやら、生きているのか死んでいるのかも分からん者を、わしにどうせよと言うのじゃ。じゃかましいわ！」

するに傍《かたわ》らから庄屋は、

「お代官様、いくらなんでも、奥様があまりにもお可哀想だ、いつの間にこんなことに……あゝァ」（泣き崩れる）

弥吉も大泣きしてわめく。

いつの間にやら騒がしい状況に村民たちが多勢集まって、ひそひそしながら見ていた。ざわざわ、がやがやの中、垣崎左門之助の大声が〝立ちませい!〟と響いた。一瞬静まった中、後手に縛られた代官橋本祐三郎が大衆の前で頭を深々と下げ、七、八人の役人に引き立てられて宗右衛門たちの涙に送られて去っていった。

あまりの酷い姿に、松造も妻お杉も、田吾作、貫太までも、お代官様と呼びかける声が、いつまでも続いたのである。

「こんな馬鹿なことあるはずないわ。何かの間違いよネ」と庄屋の妻喜世も歎く。

「なら良いのだが、お代官様は、命がけで百姓を守られた。その結果こうなることは承知であったのだ。だがそれをこの庄屋がお代官を守らなけりゃいかんのに、何もできんこのわしが許せんのだ。このわしを捕らえれば済むことじゃのに。あゝ、お代官様許してくだされ、あゝぁ……」

松造は、

「俺らも悪い。米が取れんと、半分隠して、あ……お代官様は優しく来年がんばろうなと言いなさった」

松造の妻お杉も、

「あんたがみんな悪いんじゃ、米なんかわたし食べなくとも、ワァ……」

後で来るのが後悔である。祐三郎の優しさに甘えてしまった。こんな人もいたのだ。だが、この文政はそんな甘い時代ではない。各地を飢饉が襲っていた。雨不足で川の水も枯れ、水を求めてくる人々が、その場で枯れ果てた土に口を付けたまま死に絶える状況が、あっちこっちと続いたのである。

こうした最中にあっても、藩は例年どおりの年貢米を百姓に課したのである。百姓一揆は、その怒りが幕府や藩や侍に向けて起きた暴動である。年貢米だけでなく、商工の人には税金の取り立ても厳しく、日本全体を包んでいた。侍という身分は衣食住のためには働かない立場で、働く農工商の人間から、むしり取る役目だから役人という誰かが言っていた。

旱魃《かんばつ》はこの岩村藩領内にも大変な影響を与えていた。百姓に手心を加える以外助ける道などない。祐三郎は捕われの身となり、尚その行く末を考えた。

幕府にしても藩にしてもまた商工の民にしても、食べ物ありて命なりである。してみれば百姓は百姓にして命ではないのか、どんなに威張っても食う物無くして何かせん。農漁業は命を与えてくれる恩人ではないのか。祐三郎は、ここまでの回想の中で、自分の取った行動に誤りのないことを再確認したのだ。

後は牢の中とはいえ、この世に生まれ戦うべき使命と心得る可きではないのか。心にゆとりを覚えた。すると牢こそ我が屋敷なりと思えてきたのだ。その内あの家老の取り調べの日が必ず来る。分かってくれぬかも知れぬ。しかし、百姓が元気なら来年も、また来る年々、食料が終ることは無い。百姓を大事に守ることこそ、わが岩村藩の正統なる道ですぞ。これが理解できぬなら家老ではなく鬼畜だ。もう一歩も下るつもりは祐三郎にはなかった。家老面会を一日千秋の思いで待つことになった祐三郎の心は躍った。

さて祐三郎の思いとは裏腹に、代官捕縛の報は人の口から口に、あっと言う間に広がった。この庄屋宗右衛門の家も、心配して駆け付ける人、人、人でごった返していた。

庄屋を中心とした話し合いも名案がある訳でもなく、困ったことになった、どうすべえ。誰か有力な方を探して相談はできないか。様々な意見は行き交うが、結論など出るはずもない。江戸から来た実力派家老に対抗できる人物など藩内にいるわけはないからである。挙句の果て、俺らが悪かった。もっと一生懸命米を作っとけばこんなことには……。とか年貢を誤魔化したのはあいつだとか、いやあいつの方が要領よくやったんだなどと、自分のまた他人の所為にして歎くばかりで一向に埒《らち》が明かぬ烏合の衆と化していた。

宗右衛門は、このまま集まっていても明るい見通しはないと判断、

「わしが明日にでも御家老に会って穏便に事を済ませて欲しいとお願いしてくるつもりでいるから、皆の衆もどうか事を荒立てないよう、また明日の報告を待ってはくれないか。今日のところは遅くなってしまったが、どうか気を付けて帰って下せえ」

と結んで、ようやく集まりは解け、それぞれ家路へと帰っていった。

一夜二夜と続く牢の中は寒く、また囚人とは豚や鶏より粗末と感じられた。許されることのないこの先。しかし、対家老との戦いを控える身であれば崩れる訳にはいかぬ。一日に一度出るだけの不味いだけの牢屋飯も、そのために流し込まなければれ

ばならぬ。ゴロゴロ鳴る腹の中へ無理矢理流し込んだ。牢屋の木端役人の、犬猫も口にせぬようなあんな物をよくも口に入れられるとの驚きの顔を、横目で見て見ぬ振りをした。これが正義の力だと祐三郎は心で叫んだ。

ひとり孤独な牢獄は時間との闘いでもあった。そして二日目を迎えた朝、思ってもいなかった客を格子の向こうに見た。宗右衛門であった。

宗右衛門は格子に飛びつくように「お代官様」と、その顔もグチャグチャに、半泣きで格子の中まで手を伸ばしてきた。

祐三郎も驚いた。その手をガシッと握った。何も言わず、言えずそのまま泣いた。宗右衛門は泣きながら「申し訳ありません」と格子に頭をぶつけるように下げ、「この罪は私が受けるべきでした」と言うのだ。

「百姓たちを庇《かば》い、励まし、守り、お代官に何の罪があると言うのです。本日はそのことをご家老に申しあげたいとやって参りました。あいにく御家老がお出かけで、無理矢理牢番に頼んでここへ案内して貰いました」

「そうか、そうだったのか。嬉しい。有り難い。こうして宗右衛門殿に会えるなんて今のわしには夢のようだ。本当によく来てくれた。うれしい……。帰ったら皆の衆にくれぐれもよろしく伝えてくれ。わしは、死んでも皆の味方だと言ってくれ、これからがわしの闘いだとな！」

九、牢獄の使命

宗右衛門は、こんな牢獄に入ってもなお、百姓たちのことを案じている。こんな代官は日本中探してもいない。自分はこの人を心から信じて人生間違ってはいなかった。心から嬉しかった。あの江戸の風に侵《おか》された家老を、自分が説得する以外ないと深く決意して城を後にした。祐三郎にはまた来ますと言ったけれど、果たしてこれが最後となるとは知る由もなかった。

入牢して三日目、牢番から本日は御家老様よりお取り調べがあるそうだ。神妙に心積り致すようにと伝達を受けた。

祐三郎は、来た、やっと来るべき時を得たと決意を新たに背筋を伸ばした。

やがて、牢番の声がした。出ませえ！　と、そしてそのまま後ろ手に縄を打たれ、立ちませえと声がかかる。

祐三郎は縄で雁字搦《がんじがら》めにされようと、心までは縛れぬぞ、そして口もだ。さあ祐三郎人生最後の戦へ出陣だと心で叫んだ。

湿気を含んだ生温かい風が吹く裏庭の砂利を敷きつめた場所に、荒筵《あらむしろ》が一枚敷いてある。祐三郎はその筵の上に座れと命じられた。役人三人が両横と後に立った。

しばらくして目前の人の背丈ほどある高台の奥戸が開いた。付人二人に案内されて、苦々しい顔をした猫背の男が現れ、祐三郎を睨んでどかっと座った。苦笑いを浮べながら、じっと祐三郎を睨んだままである。祐三郎はそのまま頭を下げた。

家老丹羽瀬清左衛門は、

「その方か。橋本と言うのは、上郷《かみごう》の代官とはその方のことか」

「はいっ、上郷の代官を務めます、橋本祐三郎と申します」

祐三郎は丹羽瀬の厭らしい目を背筋を伸ばして直視したまま身動《じろ》ぎもせず、正に目と目の戦いが始まった。

腹のすわった正義ほど強いものはない。さあ！　どこからでも来いと。すると厭らしい目は他に移った。まずは勝ったと確信する祐三郎だった。手も足も歯向かうことなどできぬ状況であるが、目を縛られている訳ではない。上から目線でどう向かってこようが目だけは自由である。目と目の刃の戦いに負けたら後がないのだ。

丹羽瀬は一段高い位置から片頬にニガ笑いを浮かべ、憎々しげに高飛車な声を発してくる。取り調べや記録の侍などの手前、優位な立場の確保に躍起な感も否めない。

祐三郎はまずは勝ったと不自由な体に言い聞かせた。不自由といえば、三日も狭い牢の中でじっとしていたからか、先ほど牢から立つ時も、一歩二歩の歩行も足腰の痛みを感じた。しかし、これからが多くの百姓たちの望みを背負っての戦の始まりである。初めから弱気は禁物である。祐三郎は丹羽瀬を前にして双方刀の柄《つか》に手を掛け、今まさに抜刀の瞬間と思った。祐三郎は後手に縛られたままである。

「して橋本。その方、米蔵から掠め取った米は、いったいどこへ隠したのじゃ、素直に申してみい」

「それだったらご安心ください。心配は御無用ですぞ。一番安全なところに保管して置きまして御座います」

「なっ、何と申すか。安全な所に保管と申したな。それはまことか」

「はい!! まことに御座います」

落ち着き払った代官橋本祐三郎の言葉に丹羽瀬の顔はまっ赤に染まり、むしろたじたじとした態度が手に取るようだ。

死を覚悟した人間の生命に、もう上下の隔たりなど何もない。家老であろうが只の虫けら以外何物でもない。付き添う役人らもその心中や、代官がんばれと叫んでいたに違いない。

だが家老丹羽瀬も俺がここでは一番身分が高いぞと恵那山の天辺から見下す如き形相で睨《にら》み付け、

「やいやいやいっ! 貴様、ここをいったい何処と心得て、そこに座っているのじゃ。やい! 橋本! てめえ今自分がどんな立場にいるのか、分かっておらんのか。この馬鹿者め!!」

「御家老様、わたしは代官として、よォくわきまえて、心してここにおります。こうして天下の御家老様と差しでお話しできる光栄を心底喜んでおります。どうか落ち着いてくだされい!!」

この言葉尻に鋭い刃の切先の如き気合いを放った祐三郎。江戸下りの家老ごとき、世欲の塊《かたまり》の腐れ命が祐三郎の正義の前に敵《かな》うはずはないのである。祐三郎は、

「この辺りで先ほどよりの、年貢米の隠し場所を明確にご報告します」

「ごちゃごちゃ抜かしておらんと、それを早う申すのじゃ」

「解りまして御座います。それは胃袋であります。田から取れたと言ってもこの飢饉の中、水を吸えない米が勝手に米になる訳がありません。その胃袋の納米はまた何俵に増加するのか、これを希望と云うのです。

『白米は、白米にあらず命なり』と鎌倉時代の偉いご聖人様の残した名言にもあります。御家老様にても、太田錦城《きんじょう》師やら林述斎《じゅっさい》先生に学ばれたほどのお方。この道理は解るはずでありましょう」

「ううんっ！　言わしておけばいちいちその方、それで無事ここを出られると思っておるのか。小賢しい御託をくどくどと並べおって、さっきからわしが申しておる

ことが如何ほども分かっておらんのう、おまえは、やい祐三郎、いい加減にせよと先ほどから申しておるのじゃ、これ以上勝手な申し出は一切受けぬ。その腐った命にとことん制裁を加えるから心しておけ。戯《たわ》け者が」

この取り調べ状況は、内容は一方的で、祐三郎の命を賭けた論法は、差別社会にあって家老に太刀打ちできるものではなかった。そして代官は命を賭けて上郷の百姓を守り抜いたのである。もしこの代官が存在しなかったら岩村藩領内でも暴動一揆は起きていたことは必定であったと思われる。ひとり立つ勇者があれば結果も変わる。そんな気がする一コマである。

家老丹羽瀬清左衛門が、三代将軍家光の時の「慶安御触書」三十二ヶ条に目を付けたのは、祐三郎とのこの対決が引き金となったのではないかと推察をする。これを木版にして領内配布したのは文政十三（一八三〇）年三月だった。代官橋本祐三郎に制裁を下すことに決定してもなお、腸《はたわた》が煮えくり返ることからの処置だった。

そして目についたのが、代官橋本祐三郎と百姓たちとの関係であった。側近の武士たちの言う、あの代官は百姓たちをとても大事にする方だ。とか、面倒見が良い、小忠実《こまめ》だ。百姓たちはあの代官をとても尊敬している、などの評価がまず丹羽瀬家老の頭をよぎった。代官と百姓の絆《きずな》に焔《ほのお》の如く燃え立つ嫉妬からではなかっただろうか。

士農工商という身分制度を明らかに逸脱しておる奴だ。まったく怪《け》しからん。武士という立場をなんと心得ておると、代官橋本祐三郎、要注意、から家老の仕事は始まったと言ってよいだろう。

そもそも百姓たるものこの世に生を受けた時点でその生き方は決定しておるのだ。生涯米をつくり、野菜をつくり、田を耕し、山林や原野を開墾して、田畑を増やし藩のために一生を尽し人生を全うする。その生き方に、私利私欲があってはならぬのだ。家老としての丹羽瀬に一切の妥協はなかった。その条文こそあの恐るべき「慶安御触書」であったのだ。

あの代官と百姓の間に藩を欺《あざむ》く米隠しありと疑った家老の腹黒い性格を、人の好い代官、橋本祐三郎が知る由もないのは当然であった。

悪家老は、百姓の家のどこかに大量の米が隠されているはずだと、見廻り役人に指示の徹底を図ったのだ。

百姓たちは代官に言われるまま、自分の家で食べる分ぐらいはと米を保管していた。しかしそれを発見され、調査役人にこれほど大量の米を盗んでいたのかと酷く怒られ、全部没収されてしまった。

一斉調査で抜き打ちされた農家では、今夜からの米はすべて一粒もなく消えてしまった。家老からの伝達は、百姓たる者藩のために米づくりを任されている身が、米を食べるとは何事か、今後一粒なりともその喉を通すことはまかりならぬ、というものであった。なんという言い草か。この時点から百姓の生活は一気に恐怖生活へと変わっていった。

今までできえ贅沢生活などしたこともないのに、これからは見廻り役人に気を使って暮らさなければならないとは。これは百姓ではない、奴隷でねえか、怒り心頭に発した。と、ぶちまける者も多く出た。

権力とはおよそこうしたものなのだ。身分の弱いものが権力あるものの言うなりになって脅えながら暮らす。いつの世にも、こんなことはあってはならぬ。断じて。

その末路は知れたところ、イヤ断じて許してはならぬ。真面目に働く庶民が仲良く、楽しく、お互い助け合って生きて行く社会でなければならない。人間同士、仲が良い間は武器などは必要はない。怨《うら》む、憎む、嫌う、疑う、これがあるから信を失う。

見廻りの役人を遠くに見つけると、百姓たちはそこらにある食料などを慌てて隠す。そんな悲しい習慣が始まってしまった。

あいつらは探し出して見つけ手柄にして褒《ほ》められる。わしらは隠して見つけられなくして生活を守る。見つからなければわしらの勝ちだ。百姓が寄り合えばもっぱら隠す方法を話し合う。あっけらかんとした風習が、田舎と思い込んで永年暮らしてきたが、厭《いや》な田舎になってしまったと、百姓たちの口ぐせになってしまった。やっぱり、祐三郎様でなけりゃ、この土地はうまくいかねぇなあ。

空高くクルクル回り下を眺める鳶《とんび》でさえ、そう呟いているようだ。

隠すなどの習慣のなかった百姓と、探すなどの習慣もなかった見廻り役人も、今は農家から何らかの食料、中でも穀物（米、麦、キビ、豆）五穀の中でもこれらを没収して城へ持参すると、見廻り役人に、褒美が付くとあって人間欲得あると他が泣こうと苦しもうと平気で人情も何もなくなるから恐いものだ。

家老丹羽瀬は、そうした人の心を利用したやり方で、下級武士を操った。いずれにせよそれが悪事であれば、いつか底を尽き身を滅ぼすことになることも知らずに計画は進行するものなのか。いずれにしても隠し合い、探し合いに成果をあげた方が勝ちであった。

このところ、雨の降らない日がしばらく続いている。雨がなく土が乾けば野の草だって枯れる。況《ま》して野菜や米の影響は深刻である。隠し物捜しに血眼になる暇があったら、水のことを考えなければ人も動物も、草も、何も生きることができなくなる。

御触書を出して、百姓に圧力をかけ、領民に強制労働を課して、ただ藩政経済だけを良くしようとの丹羽瀬の政策は、領民の反感をあおるだけであった。百姓と共に苦労を分ち、米の生産にも力を入れて努力を重ねてきた代官、牢に入れたままあの家老は一体どうしようとしているのか。もうそろそろ出してくれてもいいではないのか、と誰しもが思っていた。城中のあの家老の心の中は、そんな軽いものでは無かった。

深刻な祐三郎の運命は、刻一刻と迫っていた。庄屋神谷宗右衛門は、何度も城山へ登り祐三郎の助命嘆願を続けてきた。しかしまたきおったかの言葉を何日か前に聞いたまま、その後、丹羽瀬家老の居留守が続いている。明日こそ何とかせねば、と思案をしている庄屋の家へでっかい声で庄屋さんと松造の泣き面が飛び込んできた。

九、牢獄の使命

烈火の如く怒った丹羽瀬家老は、代官を悪事を行ったとして捕らえた。百姓たちは相談を重ね、何とか代官を許してくれと助命嘆願に城山に登った。

（作者　由美子、京子、文代）

十、千代の子守唄

松造があわてて飛びこんできた。

「庄屋さん、ちっチ、千代が、た……大変なことに」

「松っつぁん、落ち着け！　どうしたというんだ、千代が」

「弥吉の孫の千代がババの志乃が身体を壊したのを苦にして、志乃の好きなサワガニを大円寺村の小川の沢までひとりで捕まえに行ったまま、帰ってこねェもんで皆で探したら、千代、沢の上から落ち込んで、頭を石にぶっつけそのまま血流して動かねんで」

「あゝァ、こんな時祐三郎さんがいねえとは。お代官である前に、お医者さんでもある方だ。あの野郎、丹羽瀬許さんぞ」

そのまま息せききって弥吉の家へ飛び込んだ。布団の上に横たわった千代は半眼半口の状態で、既にグッタリしていた。庄屋は抱きしめた千代に向かって何度も何度も名を呼びつづけた。頼む、目を開けてくれ……千代。危篤を聞いて駆けつけた近所の人たちも、千代、千代と呼びつづけた。しかし再びあの可愛いつぶらな瞳を開くことはなかった。

千代の母・幸江は障子の端っこで肩を落とし、目を真っ赤に腫らし、泣き声も出ぬほど憔悴《しょうすい》しきっていた。

ババの志乃も煎餅布団に俯《うつぶ》せになって泣いている。小さな声で千代、千代と呼び続け、全身ぶるぶる震えながら、わしも早う死んで千代のところへ行ってあげたい。千代の傍に一緒にいたいと、その姿が集まった人たちの涙を誘った。

厳しい家探し、取り立て、食うや食わずの困窮の中で起きた事故である。あいつら役人に殺されたんだ。家老の野郎と叫ぶ百姓までいた。庄屋は滅多なことは言うではないと宥《なだ》めるのが精いっぱいであった。

十、千代の子守唄

一日間を置いて、千代の葬儀が宗右衛門を中心に、弥吉宅奥の間で執り行われた。

近くに盛厳寺があるが、供養を貪るあの坊主は厭だと言う弥吉の希望であったのだ。

宗右衛門は悩んだ。いくら小さな子供だからと言っても、一人の人間をどうすれば無事霊山浄土へ送り届けることができるのか。

悩んだ上、お代官のある時の言葉を思い出した。人も動物も、花も鳥も、そのまま生き続けることはないのだと。それぞれに生きている間に、どれだけ良いことをしたのか。花は花、鳥は鳥なりに、その分が霊山浄土への道案内になるのだと。坊主の読経、その法力《ほうりき》は御釈迦様御入滅して、二千二百余年で消滅したと、あとの行為はただの儀式にすぎないと、お釈迦様入滅してから今まで、二千五百年以上過ぎているのじゃと、お代官様は言っておられた。

人の死を浄土へ送るほどの法力があるなら、お代官様を牢から救うことも、その手伝いもできるはずだが、いくら頼んでもできない坊主が、あの千代を霊山浄土へ案内などできるはずなどないわ……。庄屋は心からそう思えた。

なら、読経の代りに、わしが、今夜一晩かかって、千代のために歌をつくってやろうと決心したのだ。しかしながら、いざ事に及ぶと一向に筆が進まない。困った、庄屋は心静かに、千代と接した日々を思いながら、懐かしい面影を追ってみた。思い出せば出すほど、泣けてきて、また筆を置いてしまう。

明日の朝までの期限に焦りが伴って悩んだ。白じらとした朝を迎えた。歌づくりでこんなに悩むとは。一番、二番で書き終っていた。つくり書きしながら、何度も自分なりの曲付けをして唄っていた。唄いながら千代の夢を見た。千代は明るく元気で、宗おじさん、うまい、うまいと手を叩いてくれた。千代の歌だから千代が誉めてくれりゃ。これで完成だと思ったら、いつの間にか深い眠りに落ちていた。夢の中では、千代に頬ずりしていた。気が付けば書いた紙の上に頬があった。

眠り浅く、ハッと気が付くと弥吉の家に、その膝前には、千代が少し微笑んでいるように、優しく可愛い顔をして横になっている。じっとしばらく千代と無言の対話をかわし、白い布をそっと顔に戻した。あとを振り返り、集ってくれた方々に、丁重な挨拶をしながら葬儀の時を待った。

葬儀は坊主の登場はないことから、代表者松造の挨拶から始まり、喪主の弥吉より、どうしてこんなことになったかを涙ながらに話した。ババは横の土間で、泣き伏していた。そして庄屋として宗右衛門が深々と頭を下げ、一言、お悔やみを申しあげます。千代とは近所でもあり、自分の孫と同じ可愛さは一生忘れることはないと、込みあげる感情を堪《こら》えながら、

「千代のために私が歌をつくりました。歌になってはいないと思うが、ここの弥吉夫婦に思い出をいつまでも残してやりたい。また可愛い娘を失ったお母さん幸江さんに贈りたいと一晩でつくった歌ですが、聞いて、くださいますか」

と、両手に書き上げた紙を広げ、宗右衛門は、唄い出した。

十一、千代の夕焼け

一、夕焼けの空が　大好きだった、千代
明るく元気な　千代だった
小さな手の平ひろげ　振っていた
軒下の屋根の上　チュンチュン雀
千代も唄った　チュンチュンと

二、ババの肩いつも　トントン叩き、千代
いちにいさんしと　かぞえてた
小さな手の平それは　もみじ色

あの空の雲の上　のぞいているよ
千代が可愛い　手を振って

しかし、一行目で、泣いてしまった。後が続かない。もう一度深呼吸して、始めから、〽夕焼けのそ……また詰まった。歌えない、その時だった。宗右衛門の妻喜世が、すっと立ちあがり、宗右衛門の持った歌詞の紙を喜世が持ったと思うと、なんと、喜世は綺麗な声で唄い出したではないか。これには多勢集まった近所の方々もびっくりだった。この二番までの唄を、見事に唄い切った。

聞いた人たちは感動した。千代ちゃんこんなに多くの人に、こんなに素敵な唄を、本当によかったねと、集った人々同士で手を取り喜んでくれた。

それにしても驚いたのは、宗右衛門だった。詩は書いたが、曲など自分の鼻唄で口ずさんでいるうちに朝まで寝てしまった。それを、妻はどうして。妻は疲れた体で口ずさむ夫の姿を障子の蔭で見て、その声で覚えたという。

うれしかった。宗右衛門はかえってよかった。わしより数段歌がうまいと思った。

十一、千代の夕焼け

帰ってからの宗右衛門は妻喜世に、ありがとうの連発であった。

十二、立札に立ちすくむ女

さてそれからの庄屋神谷宗右衛門始め、上郷の百姓の悲しみは、日増しに募り、毎日のように、誰彼となく助命嘆願の集団は城山道を登っていった。代官は、自分たちの恩人である。それだけに必死であった。しかし、百姓たちから見れば、この城山に住む家老は鬼であった。

鬼退治に山に登って行った。だが、代官に対する取り調べの敗北は、悪家老にとって生涯の恥以外何物でもなかった。百姓たちの助命嘆願はそれに火を付ける形になってしまった。

それからしばらくして領内のあちこちに、あわただしく立札が立てられた。文政十二（一八二九）年二月初めである。代官である橋本祐三郎この者を重要犯罪人として斬首の刑に決定した。刑場の場所は「とおがね」と貫太の家の前にも、役人数人で立札を打ち込んでいった。

するのだ。

貫太は立札を叩いて泣いた。あんな立派なお方をなんで、どうしてそんなことをするのだ。人のために、俺たちのために尽し抜いてくれたあの優しさがなんで、どこが悪いのだ。立札を叩いて、また叩いて泣いた。周辺の森、林には、真っ黒い鴉の大群が、ギャアギャア騒ぎ立て異様な雰囲気は周辺が暗くなっても続いた。

次の日の朝早く、貫太は立札前に泣き崩れる女性を目撃した。あっと声を発した。その女の側へ駆け出そうとした肩を、後《うしろ》から止めた人がいた。庄屋神谷宗右衛門だった。

「行くんじゃない。堪えるのだ貫太……」

そう言って止めたのは、庄屋さんと分かったが、宗右衛門の泣き顔を見た貫太は、

「やっぱりそうだったのか、庄屋さんどうして止めるんです」

「あの女は俺たちの知らない女だ。どこか遠くから、たまたま通りがかったお方じゃ。そうしてやってくれ、もし誰かと分かったとすれば、あの方がどうなるかの

十二、立札に立ちすくむ女

保証はない。もしもの場合、あの女は吾市の妹さんだ、貫太よ、分かったな！」

「そうだったのか。吾市さんには、あんな綺麗な妹さんがいらっしゃったんだ。よーく分かりました、庄屋さん」

「それにしてもこんな酷いことがあって良いのか。あんなにも仲の良い御夫婦が無惨に引き裂かれ、こんな泣きを見る。残酷すぎる。わしは、庄屋としても人間としても、あの家老だけは、どうしても許す気にはならん。お代官の仇討ちはわしがやる、見ていろ！」


武士は武士としてのやり方で、その権力を行使する。ならば、領民は農民、町民としてのやり方を考えるだけなのだ。まず盛厳寺だ。あの和尚なら使える。奥の手は、今をおいてない。宗右衛門は早速、主だった人間に連絡を取って、今夜の集合を促した。思ったより大勢が三門前へ集合した。

宗右衛門はその前で皆の衆に説明した。

「二月五日の刑の執行時に、和尚が持参する袈裟《けさ》を祐三郎の首に掛け、この者は仏門に入りました身、刑の執行はなりませぬと和尚が申せば、首切り役人は刀を振り下すことはできぬ。本日は皆の切なる願いとして和尚に一役買って貰いたいと、それしか今となっては、お代官を助ける道はない。どうか皆の衆の御協力をお願いしたい」

当然ながら全員の納得を確認した上で境内へ乗り込んだのだ。

寺側では一時和尚の居留守を決めたようだが勝手知った群集の目の付けどころには、かなわず御用となった。たった今し方帰ったところ、の言い訳も空しく、多勢の願いによる二月五日の和尚の役目を断わる理由も言えず、仕方なく納得した。

群集は皆で押しかけ、祐三郎を助けることができるという喜びで、安心して家路へ向かった。

境内はやっと静まり返った。

庄屋の神谷宗右衛門はひとり、首切り役人、佐渡重四郎の自宅を訪ねた。まだローソクの灯りが見えた。起こさなくてよかったと思い、玄関の引き戸を開け、重四郎様、遅がけに申し訳ないが、のっぴきならぬこと、お訪ね申しました。と言えば、今夜あたり来るかと承知しており申したと言う。

首切り役人とはいえ、人の情は兼ね揃えておられると、心を撫で下した。

二月四日、まだ明けやらぬ頃から宗右衛門の家の前辺りも、大きな声でオーい、こっちだとか、ノコギリと鉈《なた》だ、だの荷車はどっかにないか。走り回る男たちの荒々しい怒声や山上の竹藪に太《でっ》かいのがある、塔ヶ根のすぐ近くじゃ。そこへ集合してくれ。騒がしい男たちの声もやがて収まった。宗右衛門は声で近所の誰かはすぐ分かったが、彼らが何をしようとするのかも全部理解できた。そんな者たちへの協力など何一つできんと堪えていた。泣けてならないのだ。

刑場塔ヶ根は、山上から飯羽間村へ向かった場所の狭いところにある。大円寺や ら富田村から、竹職人、大工などの人夫が駆り集められた。その狭い刑場に、代官の首切りという情報が乱れ飛んだ。どれほどの見物人が押しかけてくるか。人夫たちも想像のできぬことである。

孟宗竹は太いもので七寸にもなるという。その竹を集めて柵《さく》をつくり、群衆はその柵の外で見学するように刑場を設けるという。その柵を竹矢来《たけやらい》という。垣根のことである。

時間がない。職人は必死で走り回る。杭にする木材を集め、竹材を割り、組み立て、麻縄で縛る。杭を地中へ打ち込む。手際良く柵は完成していった。

罪人の座る位置には、穴が掘られ藁《わら》の筵《むしろ》が敷かれた。悲しい怒りの舞台は完成した。

神谷宗右衛門は、落ち着かなかった。すべての手は打った。しかしどこか心の底に風穴がどかっと開いてビュンビュンと吹きまくる。宗右衛門の足は盛厳寺へ向かっていた。信用をしなければ、あの和尚にしても仏門で〝信〟の道に入る方だ。一度皆の前で誓った約束を反故《ほご》にすることはよもやあるまい。

そうだ、わしが、この宗右衛門が信じなくてどうすると言うのだ。寺の門前で反省しきりで一礼して帰る宗右衛門であった。

十三、竹矢来《たけやらい》の群衆

　刑場に竹矢来が完成した日から、何としたことか廻りの林の木々に、どこから集まったのか、鴉の大群がギャアギャア物凄い騒ぎで集結しているではないか。その情景に圧倒され近辺の人たちも不気味な寒さを感じて止まない情景であった。

　文政十二年二月五日、とうとうその朝がやってきた。

　どこからともなくポツンポツンと人が集ってきた。百姓たちであった。酷《ひど》いと囁く者、何でだぁ、本当に実行するのか。嘘だろ、ばか野郎、と次から次へと飛び交う中、あっという間に数百人もの人で埋まっていった。

　気が付けば、二十人ほどの警備役人も長い棒状の物を手にしたりして、柵の中で見張っている。よく見れば大勢の百姓に混じり、町民や武士もいる。その中には庄

十三、竹矢来の群衆

代官を心配した百姓たち。右往左往し不安と悲しみが溢れる。

（作者　妙子、恵里）

屋神谷宗右衛門、松造、貫太を始め、主立った百姓もあっちこっち泣きながら、怒り震えながら寄り集っているのだ。あの大群の鴉たちは一羽も見えない。代わって真白な白鷺《しらさぎ》が点々と周囲の林に姿を見せた。何としたことか、悪の黒は正義の白となっているではないか。

庄屋宗右衛門は、白と黒の違いを考えて、あの和尚が決意してくれたのだ、と感動して心が震え、思わず白鷺に向かって両手を合わせていた。

ふと竹矢来の柵の中央辺りに目をやると、そこには吾市と多美恵が陣取っていた。貫太も多美恵を挟んで付き添っているではないか。多美恵は白い手拭いを頭から被り顔を隠し、人目を避けるようにしている。

宗右衛門は、そこへそっと近づいた。多美恵は隣に近づく庄屋を見るなり、あっと小声を発した。

「何もおっしゃらないで奥様、お代官様は大変ご立派なお方でございます。これほどの大難にも、ビクとも致しません。私共の誇りであります。本日は盛巌寺の和尚が入場して参り、お代官様の首に袈裟をおかけすることになっております。そうすれば、もう斬首はできません。そのように手筈はできております。どうかご安心してください」

「えェッほ、本当ですか。エェエ、ほ、ん、と、う、で……」泣き座る。「ありがとうございます。あ〜ァ……うれしい」

しばらく泣き続ける多美恵であった。

十三、竹矢来の群衆

十四、白と黒の刑場

狭い竹矢来には多くの人が集って犇《うご》めいている。入場口で声が響いた。〝来たぞー〟今お代官が馬でこっち向かって来よるぞ！　いよいよ来てしまったか。こんなことがあってもいいのか。止めろ！　と大声まで聞こえる。厭だァ止めてーと泣きじゃくる女性もいる。

米を作り、人の命を守らんと懸命に働く、百姓たちのために自分の使命があると決めて戦った代官。しかし今、その行為で斬首されようというのだ。これが宿命なのか。重い宿命を使命に変えて戦うが男の道なのに、大事な使命を宿命に変えられ首を切られるとは、こんな社会は絶対あってはならない。

髷《まげ》も月代《さかやき》を伝い落ち、ざんばら髪となり、時たま吹きつける風で顔を覆っていた。

十四、白と黒の刑場

刑場「とおがね」。裸馬に乗せられた橋本祐三郎、突棒《つくぼう》、刺又《さすまた》の役人で固められ刑場に入る。

（作者　俊雄、茂）

悲惨を思わせる代官の牢姿は多く見物者の涙を誘った。警備の侍が前後で裸馬を引き刑場に入った。

竹矢来の中央にいる女性は、馬の嘶きのような声で、所構わず喚き泣き出した。宗右衛門は近寄って抱き起し、多美恵様、多美恵様と声を殺し諭した。

「我慢しなきゃいけません、お代官様はあなたが一番心配なのです。あなたの声は充分ご主人に届いております。あとは我慢してくだされ」

裸馬に乗せられた祐三郎は、中央にある見張り小屋の前で役人の手で下馬させられた。代官橋本祐三郎は少々ふらつきながら、竹矢来の人の群れに向かって、後手に縛られたまま深々と頭を下げ、最後の別れを告げた。そして振り返り、顔を見張り小屋に向け、キリッと眉を上げ、目玉が鉄砲玉の如く小屋に飛んでゆくかと思うほど睨みつけた。

祐三郎は、悪家老がその中でほくそ笑んでいることは分かり切っていたのだ。いつの間にか、首切り役人、佐渡重四郎が白鉢巻にたすき姿で立っていた。重四郎が〝座りませえ〟と祐三郎を促す。

十四、白と黒の刑場

刑場では助けると約束した坊主の裏切り。切るな、っと騒ぐ百姓たちの怒声！　首切り役人の手が太刀に……。

（作者　和道、久之）

竹矢来の入口あたりで、神谷宗右衛門は落ち着かない。ウロチョロ誰かを探しているのだ。この事態になっても和尚の姿が見当らない。今なのに、今、袈裟を持って、待った、ちょっと待ったと大声で駆け入ってくる手筈になっているのに、どこにも和尚の顔が見られぬとは。抜刀したまま佐渡重四郎もやり場のない、もどかしさで、苛ついている。もう限界とばかりに〝頭を下げい〞と肩辺りを左手で押したかと思うと、そのまま刀を振り下した。無慚《むざん》にも祐三郎の首は掘ってあった穴に落ちた。

ウワ！　ウワァ！　と、竹矢来の柵に手をやり揺すりながら泣き喚く群集の叫びは雷の如く大地まで揺れた。

中央の柵の前では、妻多美恵が吾市の腕の中で気を失っていた。貫太も松造も弥吉も、田吾作も、また宗右衛門の妻喜世も、本郷村の卓造も、東野村の龍五郎、保次郎、公三郎、徳四郎も地に這い蹲《つくば》って泣いた。塔ヶ根の大地を拳で血の出るほど、叩いて喚く者もいた。宗右衛門は狂うほど混乱する我を冷静に変え、見張小屋へ向かった。鬼家老に対面のためである。小屋へ飛び込むと、吹き出す涙をそのまま丹

十四、白と黒の刑場

その瞬間、竹矢来の群衆の悲鳴が山々に木霊《こだま》する。

（作者　久枝、かよ子）

羽瀬にぶっつけた。

何を言っても、もうあの大切なお代官は戻ってはこない。

「お代官様のお首は、わたしに渡してください」

と、やっとの思いの震え声であった。しかし憎っくき鬼家老は冷酷であった。鬼家老は、

「何を戯《たわ》けたことを申すか。庄屋ともあろう者が、あの者は犯罪者なるぞ。しばらくは見せしめじゃ。さらし首じゃと言っているのじゃ、帰れ帰れ！」

祐三郎との取り調べのやりとりで、うんすん言われぬほど、痛い思いを味わった鬼畜家老の怨念は相当のものであった。

役人に背中を押され、外に出された庄屋は止むなく、まだ竹矢来の前を茫然と彷徨《さまよ》う百姓たちの慰めに走り回った。心の中では何日かかろうとお代官様はわしの手で葬って差し上げなければと決意する庄屋宗右衛門であった。柵外に出た少し向こうの山上辺りに、まだ多勢の百姓たちが屯《たむろ》しているではないか。

庄屋の来るのを待っていた。それは皆の口からの、あのクソ坊主を許せん、だっ

た。当然である。盛厳寺へ行こう。声をあげて泣きながら拳《こぶし》を握る者たち。泣き声の合唱は、ずーっと続いた。

主君松平公の希《のぞ》みによって、岩村城に江戸から策《はかりごと》に秀でた頭の良い、丹羽瀬清左衛門が家老となって着任したその時から、城内の空気は一変したのだ。権力者の言動に逆らうことなど、まして自分の意見など〝おくび〟にも出せない。そんな城内へと変化していったのである。

今までは代官様とのつながり、今は家老とのつながり、「あの家老と繋がっとる侍とは物言うでないぞ」百姓たちのヒソヒソ話は耳打ちで広がった。

今までだったら気さくに話しかけた侍たちの言葉付きも、話してくる事柄もそこには気候のことも個人的な言葉も一切無くなったのだ。

自然に言葉など出なくなり、当然ギクシャクした空気が城内を包むのに時間など必要なかった。

そんな雰囲気の漂う中で、この人物が来ると別の雰囲気となる。代官橋本祐三郎である。その姿を見つけるとあっちこっちから人が集まるのだ。

村のどこかに代官の姿を見つければ、どこからともなく「お代官様ー」と呼ぶ声がする。その声を聞けば遠くの畑仕事の百姓たちが手を休めて駆け寄ってくる。男にも女にも祐三郎は、

「わしが来ると仕事の邪魔になっていかん！　皆わしなど構うことなく仕事しないと仕事が遅れてしまうぞ、皆のところへ廻って行くから気にせず仕事に精を出してくれ、でないと、わしにより仕事の邪魔では申し訳ないからなァ」

屈託のない祐三郎の明るさは、それだけでも百姓たちの心の癒しになるのだ。

他の侍とは全く違うと尊敬の心が広がっていたのだ。だから土手の笑いの場面を遠くで意地悪く眺める役人は、腹立ちと焼きもちに気持ちが変わっていった。

当然、家老の耳には逐一情報が流れた。

多くの百姓たちの嘆き悲しむ姿は竹矢来越に、見張り部屋の小さな格子窓から眺められた。片頬に苦虫を嚙みつぶしたような憎らしい目付きで、家老は群集に向かって「バカモノ」野郎がと呟き裏口から出ようとした……その時！

「待たれい！」

と大きな声。首切り役人の佐渡重四郎は両手を大きく広げ右手に血のついた刀を持ったままである。

「役所《やくどころ》とあって橋本祐三郎の首を斬ったが、どこからどのように見ても、あんたの今回の所業はとても正道とは思えぬ。あの群集の姿を見て、そのほくそ笑んだ顔はとても人間の姿とは思えぬ」

「それがどうしたと言うのじゃ、わしを誰と心得ておるのか、首を斬った刃を持ってけたたましい、その態度許さぬぞ！」

「じゃかましいわ『この化け狸』このまま立ち去らせる訳には参らぬ、家老か何か知らぬがその小汚い首も切り落とさなけりゃ祐三郎に申し訳立たぬわ、覚悟！」

と言った瞬間、後ろに素早く回った家老の手の者の刀の切っ先を、右脇腹へ受けた。続けざまに左手から他の侍の胴払いにあった。「首切り」は片膝ついてうう〜んと言いながら「ニタ」と笑いそのまま地に崩れ落ちた。

竹矢来《たけやらい》の群集の目には届かぬ見張り小屋の裏側での出来事は、誰も知る由もなく終わった。

後日発見された死骸は哀れにも黒ガラスの餌食に晒された。白い鉢巻を巻いた首切り役人が、祐三郎様の首を切った後、殺されとったぞ！　と暫し噂になったが、それも自然に人の口から消えていった。

首切りという役目ではあるが、佐渡重四郎は常に祐三郎に尊敬の念を持っていた。彼は悪家老を切って祐三郎の後を追う覚悟ではなかっただろうか。塔ヶ根は竹矢来と二つの死骸を残したまま暮れていったのである。

翌朝明けぬ前から百姓たちが祐三郎の遺体を動物から護って、吾市を筆頭に周囲を取り囲んでいたのが、悲しく痛々しかった。

庄屋神谷宗右衛門は言った。「大好きなこのふるさと、みんなのこの里でお代官様と一緒に春夏秋冬過ごした月日。だがあの日がお代官様と最後になるとは誰ひとり思ってもみなかったのに……」

今は還らぬ代官橋本祐三郎　あの声、あの笑顔、あの歩き方、何からなにまで皆の衆の心の中に焼き付いて離れない。

この想いはどんなに時が過ぎようとけっして忘れることはないと、泣いて落ちる涙が大地に言い聞かせているように思えた。
周囲の森の枝に白鷺が群れとなって、いつまでも百姓たちを眺め続けていた。

十五、糞《クソ》坊主を許すな

盛厳寺の三門は閉じていた。百姓たちは、ヤイ！　こらぁ開けんかい。クソ坊主、許さんぞ！　怒り狂う勢いは手のつけようがない。

このまま放置しておけば、門も蹴破られかねないけたたましさである。怒声が止むこともなく、寺側は開門する以外方法はなかった。仕方なく和尚の女房が何も知らなかったふりをして、……何かございましたこと、まぁこんなに大勢して。私は何も知らないけどと、あくまで、しらばくれる。女房も坊主と同じ穴の貉《むじな》かと憤る百姓たち。坊主はどこだ、隠すと為にならんぞ、ここへ連れてこい！

怒り心頭の百姓に怖いものなどない。女房は和尚を連れてくる以外逃げる道はないと、奥へ入った。しかし、そのまま逃げ込んで終わりとはいかない。

十五、糞坊主を許すな

助ける約束を破った、あの糞坊主め。坊主は自分の身を助けるため逃げたのだった。怒り心頭の百姓たち。

（作者　真一、文宏）

「出てこい！　何やってるのだ。馬鹿野郎。こんどはお前の首だぞ」

怖じ気づいた和尚が、おずおずと一目で震えていると分かる姿を現した。何してるんだ、との罵声《ばせい》が飛んだ。分かり切っている今日の行動。いつもの、この寺の和尚などという貫禄も何もない。ただの怖じ気坊主である。

見苦しいほど小さくなった坊主の前に、庄屋の宗右衛門が立った。下目使いの坊主は、

「いやぁ庄屋殿か」

といつもの虚勢を張ろうとしても声は震え、まるで獅子の前の小犬の姿である。

「今日は何で刑場へ来なかったのじゃ、おい和尚！」

と庄屋が切り出すと、

「代官様を殺したのは、お前じゃ、人殺し！」

と堪え切れずに貫太が叫んだ。

「そうだそうだ、お前は人殺しだ」

と、他の百姓たちも一気に騒音攻撃となる。

「なあ和尚、なんでだ。どうして来なかったのじゃ、言うてみろ！」
土の上に正座して、和尚はあんあん声をあげ泣き出す。そして、脅された……と
また泣く。
普段は人の前に立ち、人の道を説き、法と言うものはと、偉そうにしていたあの
態度はどこへ行ったのか。この姿、俺たちよりこんな低級な人間だったとは。
「わしらも、盆だの正月だの、先祖の供養だのと長年、こんな野郎に散々金品を巻
き上げられていたとは。自分らで拝んでいた方が、どれほど御先祖様も喜ばれたか。
今まで、供養したもの全部返せ！　この野郎――」
と松造。
「わしかって人間じゃ。あの丹羽瀬様はとても怖いお方じゃ。もし袈裟掛けなどし
ようものなら、このわしが殺されていたわ。人間殺されてはなんの意味もないのじゃ」
「殺されては意味がないぞと言ったな。人のために尽くす立場にありながらその命
を助けようともせず隠れおって、その言い草はなんと犬畜生にも劣る糞坊主め。皆
の衆、これでよ～く分かったじゃろう。われら、上郷の百姓は盛厳寺との長年にわ

たる関係を今夜限りで解消する。今後、寺での行事、また供養などもすべて禁止することとし、今ここで糞坊主を前にして申し渡すものとする。

こうして寺で話しても、お代官様は還ってはこない。明日も次もまた次の日も、わたしは、お代官様の御遺体を渡してくれるまで塔ヶ根に参ろうと思っております。その決意を皆さんに分かっていただいたら、今夜は散会したい。本日は本当にみんな、ありがとう」

宗右衛門はまた泣いていた。

人として、武士として、正義を貫いた代官橋本祐三郎は二度と帰らぬ人となった。だが、多くの民、百姓の心の中に留まり、その名は後世の人の心に受け継がれるであろう。

およそ、どの百姓にしても、天候不順の中、作物、特に米の不作は、年貢米に大変な影響を与えた。その年数も重ねるごとに深刻の度を増した。

百姓たちはその泣きを代官にぶつけてきた。代官として決められた年貢米は収庫に納めて役柄の終了となるはずが、米がない。家老丹羽瀬は出した触《ふ》れに、百姓は米を食うな、食料は五穀の中の稗、粟に限定した。

年間を通して田の管理をし苦労に苦労を重ねる百姓は、米を食うべからずの家老の所業に憤りを持ったのは言うまでにない。

祐三郎は代官として、この条令を鵜呑みにはしなかった。百姓一人ひとりの状況に合わせ、それなりの手心を加えていった。その都度、来年は〝がんばれよ〟と激励をしながらである。百姓は皆、代官を尊敬した。感謝の百姓も大勢あった。

その代官が、あの江戸から来た、あの悪家老に処刑されたのだ。あの家老をやっつけるためならなんでもやってやる。最早、この百姓たちの燃え上がる炎を消すことはできぬと庄屋神谷宗右衛門は城山へ何度も足を運び、まずはお代官の遺骨を、百姓たちの許へ返すよう、何回も嘆願《たんがん》した。さらし首にして、二ヵ月にもなる。

文政十二（1829）年二月五日斬首の刑、さらし首。五月三日まで三ヵ月たちやっと埋葬した。大円寺の黒地山。

（作者　経典、雄二）

十六、畜生の本性は臆病《おくびょう》

庄屋は丹羽瀬に、このままだと五十二ヶ村の百姓たちが、

「御家老、あなたを襲うと決起し、その準備にかかっておりますぞ。それでも遺骨は渡さないと言うのですか」

と強く申し入れた。庄屋はもうこれ以上、大事なお代官を、さらし首になどしておけぬと必死であった。悪家老はそれでも首を縦に振ることはなかった。これは人ではない。鬼畜だ。畜生なら獅子の前で尻尾を巻くはずだ。

「御家老！　百姓の数も半端ではありません。私の手には負えんのです。さらし首には鴉が集まり、百姓も見守りに限界が来ております」

「それがどうしたと言うのじゃ。罪人とは、そうした者よ。よーく心得ておくがよ

いわ！」

しかし丹羽瀬のその言葉尻に、小刻みな震えを宗右衛門は見逃さなかった。畜生は強がりは言うが根は臆病であるからだ。

さあ、これからだぞと立ちあがり、これからがあの家老との戦《いくさ》が始まるのだ。凄い形相である。もう手は打ってある。

凄まじい意気込みである。庄屋は侍ではない。武器は持たない身で、あの家老とどんな戦をしようと言うのか。取り巻きの百姓たちはこれからの庄屋の行動が分からないが、頼りになる気配を感じていた。

岩村藩第五代として松平乗美《のりよし》が父（乗保）の死後城主となったが、藩の困窮はますます表面化する一方であった。そこで、知能優秀な丹羽瀬清左衛門を江戸より呼んで家老の権力を与えたのが、乗美であった。

丹羽瀬は早速、藩政の大変革に着手することになる。それは極めて難題を百姓に押し付けることとなった。藩の困窮はそのまま農民の負担となった。貢納の厳重な取り締まりは、米が不作で苦しむ農家に有無を言わせぬ厳しいもので、食料不足で

十六、畜生の本性は臆病

倒れる農家も続出する有様であった。

宗右衛門は、このままでは先行きの見えない事態を脱することができない、民、百姓は苦しんでいます、とその意見を、まず城下の主だった侍にぶっつけた。認めた武士を味方に付けた庄屋はさらに、これはと思った武士に意見を求めた。こうしてまずは多くの侍たちの味方を得て五十二ヶ村、それぞれの代表者の意見書への連名を取り付け、準備の整ったところで、いよいよ行動に移す時を考えていたのだ。

宗右衛門の祐三郎を想う気持ちの凄まじさは、半端ではなかった。庄屋は橋本祐三郎の考えの深さを、武士たちに説いていった。それは、百姓は米の作り方を知っている名人だ。家老はそれを知らない。その百姓に米を食べるな、粟を食え、米の作り方も知らない家老が、年貢という大義名分で米を食う。「米が欲しけりゃ百姓を大事にせよ」は、お代官の口癖だった。

お百姓を粗末にして、弱らせ、食べ物を与えず、それで米を誰が作るのか。家老であるなら自分は食べずとも、苦労して働いてくれる百姓には与えようと、祐三郎代官の心を理解するなら今回の斬首など有り得ようはずがない。こんな事件は起こらなかった。諄々《じゅんじゅん》と説いてゆく庄屋宗右衛門の話に、武士たちも理解を深めていった。

だが武士たちは、この話は良く解ったが、家老と言う立場の方に、これらのことを話しても、よく解った、そのとおりだ、と言うはずがない。簡単に解るくらいなら、代官の首など取る訳がない。武士たちの言うことは尤《もっと》もである。宗右衛門は既に手は打っていた。

「木曾の旗本山村甚兵衛様は代官様の奥様もご存知の方であり、この家老の祐三郎斬首の件も既にご報告済みであり、江戸表にもご通知は行っております。後は、お侍さんの連名と五十二ヶ村のそれぞれの代表者の連名が揃えば、丹羽瀬清左衛門様が出した条令や所業を郡奉行様にご報告の手筈となっております。岩村領の今の政情では領民は安心して暮らせません」

この宗右衛門の説得に武士たちは、「わしらも武士じゃ、この混乱の時腰を上げないで侍とは言えん。庄屋殿と郡奉行までお供させてくれぬか」と言うのだ。岩村藩五十二ヶ村代表、庄屋神谷宗右衛門と侍代表上田信次郎で連判状を持って郡奉行所へ向かうことになったのである。

祐三郎の父を橋本治太夫という。安永七年に四十石を拝領して郡奉行に任ぜられた件も、奉行所の歴史には知られているはずである。

宗右衛門はすべて準備は整った。後は、人として尊敬していた、大好きな代官橋本祐三郎の仇を討つことだ。これが、お代官が大好きだったあの百姓たちを守ることにもなると思った。

十六、畜生の本性は臆病

「お代官様、待っていてください」

心の中で祐三郎と話している自分を宗右衛門は感じていた。

丹羽瀬清左衛門による藩政大変革は、農民町民に対し、厳しい圧政となり、反感が領民の結束となっていった。それが、丹羽瀬家老の排斥運動に繋がったのである。郡奉行、さらに江戸表までその運動が広がっているのを知って驚いたのは、岩村藩当局であった。当局は農民の要求を聞き入れるしかない状態となっていったが、悪家老の居座りは続いた。

庄屋宗右衛門は、これでお代官の仇は討てる。丹羽瀬を失脚させることだ、と思った。
（わしは、お代官の墓を造ってあげたい）孤独な悲しみがドッと迫ってくる。しばらくぼんやり座り込んだ。いつまでもここにいるわけにもいかんのだ。百姓たちがわしを待っている。腰を上げた。

松造、弥吉、龍五郎、保次郎、公三郎、徳四郎もいた。そのまま大円寺の黒地山へ登った。祐三郎の墓地にと用意してある場所まで皆を案内した。ここだと決めていた場所を庄屋は指で示した。龍五郎はつぶやいた。
「静かだなぁ」

皆、頷いた。松造が少し大きめの石を拾ってきてそこへ置いた。皆で黙ったまま手を合わした。もう祐三郎はここにいると思えた。後は何日も晒されている塔ヶ根の祐三郎の首を一日も早く取り戻すことだと祈った。

どんな時代にあっても、この地球に人類がある以上、特別に扱われる勝手気儘な人間の存在があって良い訳がない。権力と云う魔物は、意のままに振る舞う。そこには当然争いが勃発する。

丹羽瀬清左衛門はこの岩村城の頂点に、と言っても君主は松平乗美である。その君主から全権を託された時点で天上の魔王となった。表面鬼面とは裏腹に内心臆病な丹羽瀬魔王は、度重なる庄屋神谷宗右衛門の城訪問で放たれる百姓たちの城攻撃情報に、辟易《へきえき》していた。そこへ百姓たちの結束した城訪問、また臆病魔王にとって恐怖そのものであった。一度や二度の脅しをしのいだとしても相手は多勢である。しかし弱きは恥である。故に居留守を常套手段とする恥さらしを繰り返していた。百姓たちは悪家老のそんな惰弱面《だじゃくづら》を見抜き行動に移した。松造はその攻撃の中心に立った。

「庄屋殿がこれだけお代官様のお首を私たちの手にと嘆願しても、あの悪家老め、鴉の嘴《くちばし》攻撃にさらす行為は断じて許せることじゃない。私らの我慢の緒は切れた。今日は皆さんに悪家老攻撃の用意のために集まっていただいた」

百姓一同は、

「おーう！　あの馬鹿家老をやっつける日がきた」と。

ある者は十尺ほどもの破竹を切り先を尖んがらして持参している。鎌の者、鍬《くわ》の者、百姓が戦う時は、やはり土との毎日の作業時に使用する道具こそ、最も手慣れた武器なのだ。それは庄屋宗右衛門の目からすれば、痛々さと、哀れさと、百姓たちの心に愛しさを強烈に感じた。

「松造さん、皆の衆の心の爆発にこの庄屋の心も爆発した。わしはもう一度最後の、あの馬鹿家老との対決に行ってくる。それでも駄目だったら、わしも皆んなと一緒に武器を取る。城山を登って帰るまで、ここで待ってくれぬか。頼む！」

庄屋神谷宗右衛門はもう一声発した。

「わしは、この神谷はあの愛民代官橋本祐三郎様から、皆様の大事な命を預かり申した者として、皆さんを暴動に追いやり、その家族の方々まで犠牲にさせる訳にはいかぬ！　断じていかぬ！　この神谷、命を賭けてあの悪家老と戦って参りますので、それまでしばらくここでそのまま待ってくだされんか」

「庄屋、庄屋さん、わしら農民が先走って大変申し訳なかっただ。庄屋さんの気持ちも立場も考えんと、先走ったことをお許しください。庄屋さんが帰るまでわしらみんなここでお待ちしとります。どうか、どうかご無事で、お帰りくださいますことを祈っております」

「わかった。それでは行ってくるぞー！」

と城へ右人差指を突き上げ城山坂をひとり登って行った。皆は手を合わせ庄屋の無事を祈った。

十六、畜生の本性は臆病

時は文政十三（一八三〇）年五月三日のことであった。

「御家老丹羽瀬様に神谷宗右衛門、のっぴきならぬ用件で参ったと伝えてくだされい」

と申し入れた。家老は、またおぬしかと欠伸をしながら顔を出した。

「御家老様、のっぴきならぬと申しますのは、今現在、百姓衆が様々な武器を用意し、明日あなた様を襲うと決起しております。かなりの人数でありますぞ。もう私の力では及びません。今、城を抜け出すにも見張りがあっちこっちについており、不可能と思われます」

「して、おぬし、わしにどうせよと言うのじゃ」

「たった今、ちょっと待てと、わしが戻るまで勝手は許さんぞと申して急いでここまで飛んで参りました」

「だから、わしにどうすれと言うのじゃ」

「このままだととんでもないことになり申します。問題なのは祐三郎様のさらし首です。もう長い間さらされ続けていることで、百姓たちの暴動となったようです。わたしめがご家老様にお願いの上、許可いただければ暴動は治まります。御家老様の御慈悲以外ありませんで」

「馬鹿たれめら、好きにすればよいわ！　庄屋！　お前の好きにじゃ」

「御家老様の深い思いやりと御見識、恐れ入って御座います」

宗右衛門の心の中は、煮え繰り返っていた。おべっかを言う自分にも腹が立った。しかし、この場を凌《しの》がなくてはならぬ。やっと城を抜け出た。小走りに下った山道も心は塔ヶ根に向いていた。城山下の大円寺に集っていた百姓たちは松造の計らいで散会していた。百姓たちは「どうせまたあの悪家老は居留守か、それとも何か理由をつけ、庄屋様もがっかり顔で帰ってくるに違いない」と思ったからか、集合場所には誰もいなかった。庄屋神谷宗右衛門は松造の家へ息急き切って飛び込んだ。

十六、畜生の本性は臆病

「松っつぁん」

と大声で呼んだ。松造も何事と飛び出してきた。

「今からすぐ塔ヶ根へ行こう」

「お代官の……、やったですか？」

「そうだ、あの家老の奴、説き伏せたのだ」

「やったあ。おーい弥吉！」

奥から弥吉も飛び出してきた。

「どうなさった？　まさかか？」

「そうじゃ、今から塔ヶ根へ行くんじゃ」

弥吉は走り回りながら、塔ヶ根を通り過ぎ貫太や吾市まで連れて飛んできた。後から多美恵まで走ってくる。斬首以来、鴉が近辺から離れなくて、塔ヶ根近くの百姓はさらされた首の前に、交代で見張りに付いていてくれたのだ。吾市は、

「わしらを守りとおしてくれたお代官様だ。沢《ま》して鴉如きに嘴《くちばし》一つも、突かせたら俺たち罰が当たっちまうわ。た、多美恵！　よかったなぁ」

吾市は、多美恵の兄であったことが、ようやく皆の衆に分かったのだった。さらし首にされた夫に毎日手を合わせ、供え物や水などを、運んでくれていた。

「みんな、やっと、やっと、われらがお代官様を取り返すことができた」

宗右衛門の知らせに集まった数人から手が千切れるほどの拍手が鳴り響いた。

「わたしは明日もう一度城へ登ってくる。お代官をわしらの手で、今後お守りして行くための許可を確認してくるのだ。今回は丹羽瀬でない、大野様というご家老様がわしを待っている」

腰を上げた。

宗右衛門は、用意してきた風呂敷に祐三郎の首を大事に包んだ。このことは報告しなければならんだろう。まだ庄屋の仕事は残っているのだ。心の力が抜ける思いの中、これではいかんと、立ち上った。うっすら陽は落ちていた。

この日、丹羽瀬は藩より家老の職を免ぜられ追放された。

翌朝、庄屋神谷宗右衛門は、祐三郎の埋葬の相談と戒名についてどうするかの課題を抱え、岩村城へと向かった。城では丹羽瀬罷免の後、大野段右衛門が家老とし

十六、畜生の本性は臆病

岩村藩五十二ヶ村、村役人連判二十一条の嘆願書は郡奉行より江戸の藩主へ渡った。家老丹羽瀬は罷免となった後、天保十(1839)年二月死去。享年五十一歳。

（作者　万英、勝也）

て対面してくれた。

「噂には良く聞いていたが、神谷宗右衛門殿でござるかな」

「はい！　上郷の庄屋を務めております、神谷宗右衛門と申します。御家老様には、お初にご見参させていただきますが、今後共どうか宜敷くお願い申しあげます」

「うむっ！　この度の件については、大儀であると共に大変な御苦労をかけたようじゃが、どうかな、疲れたであろう。あまり無理などしないようにな。今後とも百姓のためにも身体を大切になさるがよかろう」

宗右衛門は、まさかここへきて、こんな優しい思いやりの言葉をいただけるとは思ってもみなかった。驚きの方が先にきて狼狽《うろた》えてしまった。

「して、本日の用件を伺っておこうかな」

宗右衛門は改めて深い息をしたあと、

「実はお代官様の御遺体でありますが、現在、私の裏山に埋葬は仮にさせていただきました。が、その戒名については如何取り計らうが宜しいか。ご家老様のご意見がいただければ幸いかと」

十六、畜生の本性は臆病

埋葬のため黒地山へ向かう庄屋宗右衛門たち。

（作者　鋼司、基靖、富美子）

「うーん、そうじゃな。これは大変難しい課題とわしも思う。城内では祐三郎の所業に対して様々な意見があるのも確かじゃ。そうかと言って百姓衆の考えもあるじゃろう。うーん、そうじゃな、こうしたらどうじゃな。今のところは仮ということにして、時代も変わってくる。戒名の変更も有りとして、今はそれで揉め事を起してはならぬから、これはわしの〝案〟として聞いてくれぬか」

「ご心中よーく分かります。おっしゃってくださいませ」

「うんっ〝祐山逸道居士〟じゃ。道を逸したとしても、これは現在の法を規範としている。代官の真実の叫びは、失脚した丹羽瀬と祐三郎の堂々とした論戦の中で、わしはこの耳でしかととらえた。あれはどう時代が変わろうと正論であり正義だとわしはこの脳裏に刻んだ。これはわしの願いじゃ。いつの世かこの〝逸道〟は〝正道〟に変更してほしい。宗右衛門殿、本日は大儀であった。以後よろしくお頼み申す」

　何というお方がこの城にはいたのか、このようなお方がおいでになればわざわざ江戸から……残念だったと言う以外ない。宗右衛門の心は複雑であったが、心の闇が晴れ上って、雲が遠くへ去って行くような下城の足取りであった。

十七、逸道《いつどう》という正義

逸道居士とは英雄の異名なりと、庄屋は命に刻んだ。五十二ヶ村のそれぞれの代表者にも伝えた。小首をかしげる者も若干はあったようだが、庄屋の説明に納得したようだ。

やがて人の腰ほどの墓標の石塔は、黒地山の頂上附近の風通しの良い所に「祐山逸道居士」と刻まれて立てられた。裏面には「文政十二己丑《つちのとうし》五月三日」とあり、斬首は二月五日だった。実に三ヵ月もの間、さらし首となっていたのだ。

死をもって闘った一代官の物語は、正義であり、如何なる時代であっても正義は必ず勝つ、という実例を示した。一村落の物語であった。

あとがき（追想）

日本の国が誕生して以来、戦争の無かった〝世紀〟は、過去にあっただろうか。

卑弥呼《ヒミコ》という邪馬台国の女王が西暦二〇〇年の頃、日本に存在したという説がある。

だが、生まれた場所も、住んでいた所もはっきりしないのだ。近畿地方の奈良あたりか北九州地方の筑後あたりに邪馬台国があったのでは。どの説も伝説的にして明確ではない。

その後、飛鳥時代五七四年〜六二二年となり欽明《きんめい》天皇の皇女が、その後、推古《すいこ》天皇となって日本で最初の女帝となり、聖徳太子を摂政《せっしょう》にして政治を任せた。このころに日本は戦《いくさ》もない平和な国として栄えたと聞く。

やがて、飛鳥、奈良時代も終わり、平安時代（七九四〜一一九二年）、桓武《かんむ》天皇は都《みやこ》を奈良から京都にうつし、平安京とした。桓武天皇は邪魔な藤原氏を排斥《はいせき》するとともに、奈良仏教を天台宗、真言宗に変え、延暦寺や金剛峯寺《こんごうぶじ》をつくり、最澄や空海を唐（中国）へ留学させた。

その後、東方地方へ軍隊を出兵、二回、三回と四万の兵を送り込んだ。藤原良房、藤原忠平、道長など、藤原氏は政治を思いどおりにするようになる。平将門《たいらのまさかど》は平貞盛に討たれ、源家《みなもとけ》の台頭、戦乱の世と化していった。

平家の全盛時代もやがて鎌倉時代（一一九二年）に突入。石橋山、富士川、倶利《くり》伽羅《から》峠、宇治川、一ノ谷、屋島、壇ノ浦、衣川《ころもがわ》の戦いで義経が死ぬまで戦う。しかし平家が倒れて、戦に終止符とはならず、源頼朝は平氏との戦いに次ぐ戦いで征夷大将軍、鎌倉幕府をひらくが、後鳥羽上皇は、この鎌倉幕府をたおそうと計画。承久の乱で朝廷は敗北、北条義時が幕府の実権をにぎる。その後、北条時頼が五代執権となり、鎌倉に建長寺を建て、自らも出家、最明寺《さいみょうじ》入道といわれた。

時頼の子、時宗はその建長寺で禅修行、十八歳で執権となる（一二六八年）と、蒙古の使者が来た。それは日本は蒙古の属国《ぞっこく》となれとの通告だったが、時宗は怒《いか》り、使者を追い返す。

その六年後に文永の役《えき》（一二七四年）、弘安の役（一二八一年）と大軍を率いて九州へ攻《せ》め入るも、二度とも、大台風の大嵐。元《げん》の軍は、陸上を目《ま》のあたりに狼狽《うろた》えた。その大嵐に向かって、ものともせず、来るなら来てみよと、両手を胸上に合わせ、立ち向かう僧がいた。日蓮聖人その人であった。蒙古の大船の多くは大波を受け沈《しず》んだり上陸もままならぬまま、逃げ帰ったという。

やがて、足利尊氏《あしかがたかうじ》、楠木正成《くすのきまさしげ》、新田義貞《にったよしさだ》らが、後醍醐《ごだいご》天皇のもと、北条氏を倒し、鎌倉幕府は終わり、室町時代（一三三八年）となる。

この後醍醐天皇を護《まも》った大楠公、楠木正成の子孫末裔《しそんまつえい》こそ、今この物語の主人公・橋本祐三郎であり、また、日本で初、いや、世界初の麻酔薬を、自《みず》ら製造し、全身麻酔で、女性の乳癌《にゅうがん》手術に成功した、華岡青洲その人である。

この両者こそ、最も残酷窮《きわ》まる人間社会の中で、底辺の庶民の生命の尊厳を大切に戦ったこの二人。あの楠木正成の末裔であったことで結び付いた。

やがて歴史は、安土桃山の戦国時代へと突入。岐阜の斎藤道三、尾張の織田信長、毛利元就《もうりもとなり》、武田信玄、上杉謙信、今川義元、明智光秀、豊臣秀吉と、戦国大名は天下統一をめざし、しかも鉄砲まで合戦の主役となり、人命無視の歴史を広げていった。

豊臣秀吉は天正十八年（一五九〇年）、全国を統一し朝鮮半島まで兵を出すも、豊臣家最後の秀頼は徳川家康のため、大坂城内で母の淀殿《よどどの》と自殺。

慶長八年（一六〇三年）、江戸時代の到来となる。

天下泰平の時代がやっと誕生かと思いきや、この徳川幕府にも新たな戦争が起こるのである。この戦は、武器を持たない者の戦争であった。つまり一揆である。日本の歴史の中で、これほどの下劣な戦があっただろうか。これがこの〝白鷺と鴉〟のテーマであり、本文で前述したとおりである。

その形態は、越訴《おっそ》、強訴、暴動、愁訴、不穏、逃散《ちょうさん》など、様々であるが、百姓の不満の型が、様々な暴動となって表面化したものである。この他、家族に病人が出るなどして年貢米に応ずることが不可能になった百姓、その他小さな農家の夜逃げなど、一揆にあたらない者も含めると、残酷な時代であったと言えよう。

明治に移りなお、戦火は国外へ向き、大正、昭和と国民を犠牲にした戦争は続いた。

〝平成〟の時代を終えた天皇が、しみじみと語った、戦争の無い時代とのお言葉は、大変重く、且《か》つ重要な意義を感じてならない。

あの世界的麻酔の研究者　華岡青洲の書簡

この橋本代官の小説を書こうか、書くまいか、まだ心が動いてない時だった。代官の末裔にあたる橋本宣幸氏から、一幅の古びた掛軸をいただいた。小説が書き終わろうとしたある時、この掛軸を開いてみた。すると、裏書きの片隅に〝青洲翁書簡〟とあった。華岡青洲？　あの麻酔の？　まさか。

その後、気にかかる日々の中、有吉佐和子先生の『華岡青洲の妻』を図書館で見つけ一晩かけて読んでみた。

その中に、華岡青洲の先祖が楠木正成の流れであると書かれている箇所を見つけた。橋本祐三郎の先祖と華岡青洲の先祖が同一だったとは。

しかも祐三郎の父である治太夫も医師であることから、何か繋がりを感じたので

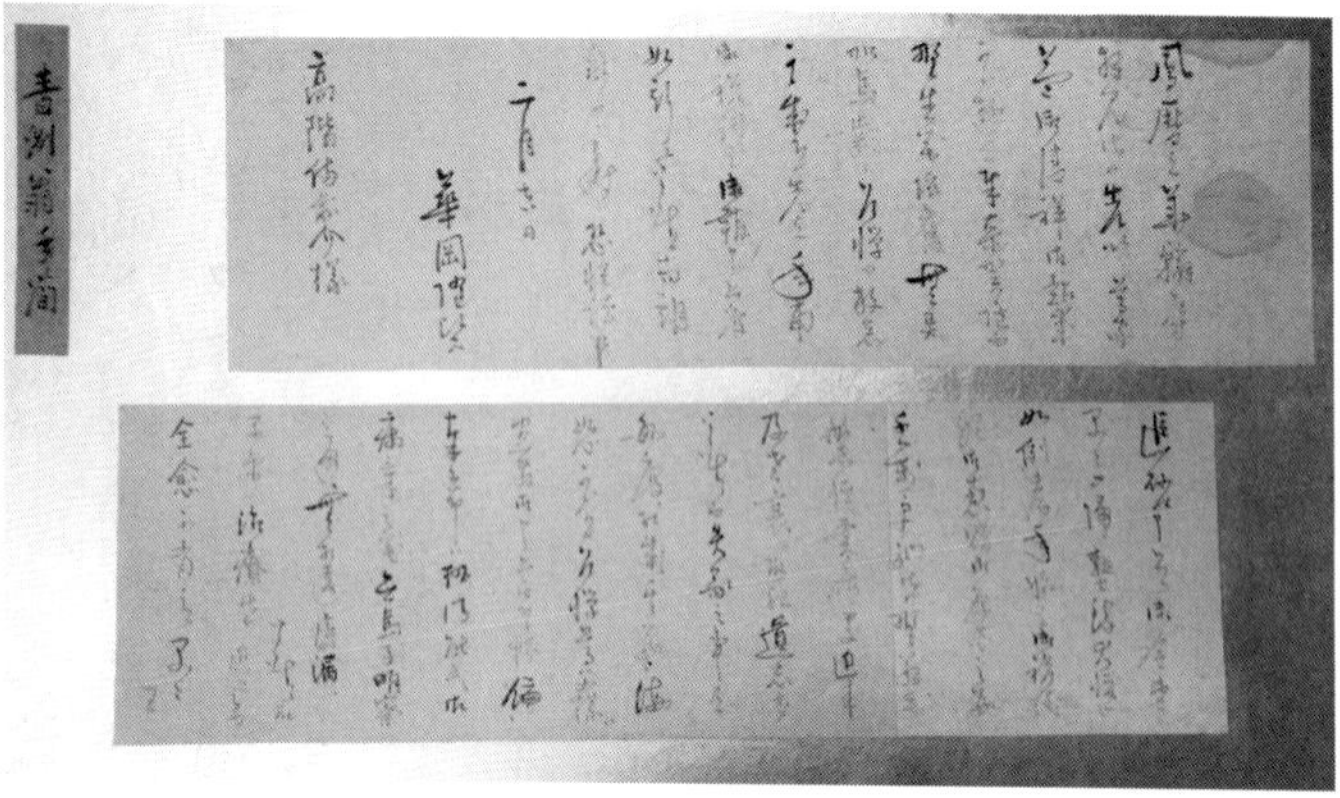

ある。そうすれば、その点からの交流があっても、不思議ではない。でなければ、岩村の地に、しかも橋本家に、青洲の書などあろうはずがない。

しかし調査する時間も少なくなり、今回は、その書簡の写真掲載で、また、次回縁があったらということで、お許しいただきたい。と思ってはみたものの、外科医として、江戸幕府の文化、文政時代、代官橋本祐三郎と同時代に、一般庶民の病と真正面から取り組み、あらゆる病と向き合う医学者であった青洲。なかでも、女性の乳癌については、自分の母と妻の生身の身体を研究材料に、薬草との研究に明け暮れ、とうとう、麻酔薬として成果をあげたのだ。

その生々しい闘いが、日本はもとより、諸外国

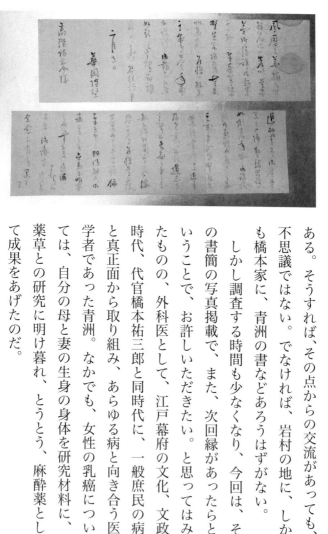

まで驚かせたのだ。

青洲の名は紀州では大変注目され、その全身麻酔薬は医学を志す若者たちにとって、外科医として大きな目標になった。

享和二（一八〇二）年、士分として帯刀を許され、侍医に推挙された。だが青洲は、自分の本分として、庶民の病《やまい》治療のために生きたいと辞退するも、乳癌摘出の成功に注目した紀州藩は「小普請医師格」に任用。文政二（一八一九）年「小普請御医師」、さらに天保四（一八三三）年、ついに「本道兼勤」に任じられ、侍医の待遇を与えられる。そして剃髪を命ぜられるも、あくまで、古医方家らしく総髪を押し通す青洲であったという。

そうした中、蘭学の草分けである杉田玄白からも謙虚に、青洲に教えを乞う手紙が届く。ちなみに、杉田玄白八十歳、華岡青洲五十三歳であった。アメリカでは、合衆国のロング医師がエーテルを用いて一八四二年に実地手術。英国では、シンプソン婦人科医、スーベローの創製したクロロホルムを使って手術したのが一八四七年というから、華岡青洲はそれより前の一八〇四年十月十三日、人類初の全身麻酔手術に成功したことになる。

アメリカ合衆国シカゴ市内にある国際外科学会の「栄誉会館」には、その遺品とともに、母と妻の人体実験に身を捧げたなどの記録が飾られているという。

橋本家系圖　橘朝臣
家紋　菊水
藤之丸

人王三十一代
敏達天皇之曻孫
諸兄公　井出左大臣
始賜ニ橘姓一

諸兄公ヨリ十一代後胤
経氏　橘少将
朱雀院御字天慶四年藤原純友ヲ
討テ為其賞河内備中兩國ヲ賜ル

橋本家の裏家紋

楠木家の正家紋

経氏ヨリ十代

成綱　楠木左近

河内國金剛山ノ麓七郷ヲ領ス館ノ邊ニ有二楠木一依レ之號二楠木殿一故ニ為レ氏ト

成綱ヨリ四代

正綱　楠木左近太夫　二千余貫ヲ領ス

正玄　楠木左近太夫　右ニ同

正賢　和田三郎

正盛　橋本七郎

○正成　楠木多門兵衛　三千七百貫ヲ領主

正氏　楠木七郎

正遠　和田五郎

正員　橋本八郎　河内國三千五百余貫ヲ領ス

正季　橋本判官　河州七千余貫ヲ領ス

正時　橋本民部太輔　吉野之帝王ニ仕テ甚忠節之士也流矢ニ中テ死ス河州一万貫ヲ領ス

長正　橋本三郎八郎　金剛山ノ奥ニ隠レテ足利ニシタガハス

光正　橋本八郎右衛門　肥後国菊池ヲ頼テ住ス

正治　橋本甚太夫　紀州ノ山中ニ蟄居ス

正信　橋本甚兵衛　濃州ニシハラク在テ後ニ尾陽ニ住ス

正直　橋本甚助　五千石ヲ領ス所謂三宅井堀節野儀長梅須加等之五ケ村也信長公ヨリ幕下ニ可忝ノ由是ニ不應依之信長ヨリ討手ヲ破指向悉敗北ス

正忠　橋本伊賀守

正興　同　長五郎

正家　同　作之右衛門

家仭　同　作左衛門

正家　同　甚助

佐藤一斎の学問に傾注《けいちゅう》し長《た》けたとされる、丹羽瀬清左衛門家老の岩村藩における政治政策のあり方は、師の一斎から出た振る舞いであっただろうか。

文と画の掛軸一対を、橋本家家宝として、代々大事に保管されている佐藤一斎の書に八十七歳と記してある。

一斎、安政六年病に罹り八十八歳、死亡とあることから、その書は、死の一年前に残されたものである。

折角の機会なので、文画一対の、佐藤一斎の宝書を、私の撮影した写真で紹介させていただくことにしました。

一言申し上げたいことは、家老の丹羽瀬清左衛門、感情とメンツに任せての橋本代官の斬首は、佐藤一斎師として、丹羽瀬よ！　お前にこのような学問を与えた覚えはないぞ！　この大莫迦者《おおばかもの》と大叱責されたに違いないと心底叫びたい気持で筆を擱くことにしました。

佐藤一斎の書画
（二幅一対）

年表

安土桃山時代	慶長六年（一六〇二）	松平家乗　岩村城二万石賜る
	慶長八年（一六〇四）	徳川家康　征夷大将軍に任ぜられる
		さらに孫女の千姫を豊臣秀頼に嫁がす
江戸時代	慶長十五年（一六一〇）	名古屋城着工
	〃　十九年（一六一四）	大坂冬の陣
	〃　同　年（一六一四）	松平乗寿冬の陣の功で岩村城主に
	〃　二〇年（一六一五）	大阪夏の陣　豊臣家滅亡
	元和二　年（一六一六）	四月、家康死去（七十五歳）
	寛永十四年（一六三七）	島原一揆（熊本・肥後《ひご》）
	寛永十五年（一六三八）	丹羽氏信岩村城主
	慶安四　年（一六五一）	将軍家光死去（四十八歳）
	慶安五　年（一六五二）	佐倉騒動（千葉・下総《しもうさ》）
	貞享三　年（一六八六）	嘉助騒動（長野・信濃）
	元禄十五年（一七〇二）	赤穂浪士討ち入り
	同	松平乗紀岩村城主

江戸時代	
宝永六年（一七〇九）	将軍綱吉死去（六十四歳）
享保元年（一七一六）	将軍吉宗へ
享保十一年（一七二六）	美作《みさか》一揆（岡山・備前）
享保二十年（一七三五）	青木昆陽諸国へさつまいも頒布
元文三年（一七三八）	磐城平《いわきだいら》一揆（福島・陸奥《むつ》）
宝暦四年（一七五四）	郡上金森騒動（岐阜・美濃）
同	久留米《くるめ》騒動（福岡・筑後《ちくご》）
明和元年（一七六四）	関東大一揆（東京・武蔵《むさし》）
明和三年（一七六六）	岩村相原大火　浄光寺類焼
安永二年（一七七三）	飛騨百姓一揆　岩村藩出兵（岐阜）
天明元年（一七八一）	松平乗保　岩村城主に
天明二年（一七八二）	全国的大飢饉となる
天明六年（一七八六）	飢饉により物価騰貴　庶民犠牲者多し
同	福山一揆（広島・備後《びんご》）
天明七年（一七八七）	佐藤文永　岩村城家老職三十年
寛政五年（一七九三）	吉田領一揆（愛媛・伊予）

江戸時代	寛政七年（一七九五）	駿河領内異国船漂着
	寛政十二年（一八〇〇）	伊能忠敬沿海測量
	文政九年（一八二六）	松平乗美　岩村城主に
	同	丹羽瀬清左衛門家老として藩政改革
	文政十二年（一八二九）	橋本祐三郎代官死罪
	天保二年（一八三一）	防長一揆（山口・周防《すおう》・長門《ながと》）
	天保四年（一八三三）	全国的大飢饉
	天保五年（一八三四）	江戸岩村藩邸類焼
	天保七年（一八三六）	郡内騒動（山梨・甲斐《かい》）
	同	南部藩大一揆（岩手・陸中）
	天保八年（一八三七）	丹羽瀬清左衛門蟄居を命ぜられる
	同	大塩平八郎の乱
	安政七年（一八六〇）	大老・井伊直弼、桜田門外にて暗殺
	文久二年（一八六二）	皇女和宮、将軍家茂に降嫁
明治時代へ		

参考文献

恵那市史編纂委員会編『恵那市史』（恵那市）
岩村町史刊行委員会編『岩村町史』（岩村町）
『日本の歴史人物事典』（集英社）
有吉佐和子『華岡青洲の妻』（新潮社）
内田暁「命を救うため――執念の麻酔技術開発」『科学感動物語　生命という輝く宝物２　人間』（学研教育出版）
佐々木潤之介『日本の歴史〈15〉大名と百姓』（中央公論新社）
岬龍一郎編訳『言志四録』（ＰＨＰ研究所）

取材協力

橋本宣幸氏　橋本家末裔

小林年夫氏　版画提供

明治・大正・昭和・平成と大円寺では毎年五月三日、祐三郎祭り。代官を愛民として偲《しの》んでいる。

（作者　年夫、京子、美智子）

〈著者紹介〉

熊　たけし（くま・たけし）

本名　熊谷武敏
長野県木曽谷生まれ。恵那市東野在住。

子供の頃より歌作りが夢で小学校6年生で「勝利の女神」作詩、作曲。

昭和32年、鉄工所へ就職。職工をしながら、三橋美智也、春日八郎、
美空ひばりなどの楽曲にあこがれ常に物書きに没頭する。

1974年、作曲家・和田香苗先生との出会いがありコロンビアより「郷愁」を出版。

歌手・木村まさと、歌手・日下部正八共版。

北島音楽出版より「北の旅路」歌手・小金沢昇司、出版。

1984年、作曲家・桜田誠一先生との出会いの中、「木曽路の鴉」歌手・二葉百合子、

「わがまま」歌手・三沢あけみ、出版。

キングレコードより「おいでなれ」歌手・三橋美智也、出版。

1988年、「恋絆」レコード大賞新人賞にノミネート、歌手・森山未佳子。

現在に至るまで、約150曲の作詞（一部作曲）を手掛ける。

日本著作権協会会員、日本作詞家協会会員。

著書：『演歌づくりの道すがら　路傍のひとり言』（鳥影社）

白鷺《しらさぎ》と鴉《からす》

定価（本体1500円＋税）

乱丁・落丁はお取り替えします。

2019年 7月26日初版第1刷印刷
2019年 8月 5日初版第1刷発行
著　者　熊たけし
発行者　百瀬精一
発行所　鳥影社 (choeisha.com)
〒160-0023 東京都新宿区西新宿3-5-12トーカン新宿7F
電話 03-5948-6470, FAX 03-5948-6471
〒392-0012 長野県諏訪市四賀229-1(本社・編集室)
電話 0266-53-2903, FAX 0266-58-6771
印刷・製本　モリモト印刷

ISBN978-4-86265-756-5 C0093